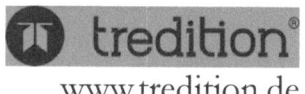

Altdrachenstein

Das Geheimnis der Kristallhöhle

Fantasy-Roman

Günter-Christian Möller

© 2015 Günter-Christian Möller
http://www.guenter-christian-moeller.de

Illustration: Elisabeth Geib
                http://ladysamira-s-lese-insel.webnode.com
Lektorat und Buchgestaltung:
Dr. Nicola Peczynsky

Verlag: tredition GmbH, Hamburg
ISBN: 978-3-7323-3134-5 (Paperback)
      978-3-7323-3135-2 (Hardcover)
      978-3-7323-3136-9 (e-Book)

Bibliografische Information der Deutschen Nationalbibliothek:
Die Deutsche Nationalbibliothek verzeichnet diese Publikation in
der Deutschen Nationalbibliografie; detaillierte bibliografische
Daten sind im Internet über http://dnb.d-nb.de abrufbar.

1
Das Drachenbuch

Sülaton war ein Drache und schon uralt. Sie lebte mit ihren Enkeln Filaton, Nawalon und Utalon in einer Höhle in einem riesigen Berg, dem Drachenzahn.

Im eigentlichen Sinne handelte es sich nicht um ihre Enkel, denn sie hatte sie nur adoptiert: Filaton, ein Drachenmädchen, war etwas ängstlich. Es gelang Sülaton sehr selten, sie zu überreden, mit Nawalon, ihrem einzigen Enkelsohn, einen nächtlichen Ausflug in die Enklave Altdrachenstein zu machen, in deren nördlichen Ausläufern der Berg Drachenzahn aufragte. Vielleicht lag es daran, dass Filaton aus einer anderen Enklave stammte, die einst von Söldnern der Magier überfallen worden war. Damals gelang es dem Drachenmädchen nur mit Mühe zu entkommen. Möglich auch, dass es deshalb alles Kriegerische hasste. Filaton liebte es, in ihrer eigenen kleinen Höhle zu lesen, zu träumen und nachzudenken.

Sülaton und die drei Jungdrachen waren außergewöhnliche, nämlich goldene, Drachen. Alle diese wunderbaren Wesen brachte eine Wurzel des Lebens hervor, die aus einem magischen Eichenstock wuchs. Er entstand immer dort auf der Welt, wo der Frieden in einer Enklave bedroht war und wiederhergestellt werden musste. Dazu erschien ein Bote des Lichts, ein junger Magier oder eine Elfin, der den magischen Eichenstock an einem bestimmten Punkt in dieser Enklave pflanzte. Zu irgendeinem Zeitpunkt während der Reise des Boten wuchs aus der Wurzel ein goldener Drache.

Diese Geschöpfe verfügten über enorme magische Kräfte. Sie hatten es jedoch nicht gelernt, mit diesen Kräften umzugehen. Aber sie kannten den Ort, an dem der Eichenstock gepflanzt werden musste. Von Natur aus waren sie magische Wesen, die sehr gut kämpfen konnten. Doch in den letzten hundert Jahren hatten Magier künstliche Wesen gezüchtet, die selbst die goldenen Drachen besiegen konnten. So kam es, dass sie überraschend immer wieder von anderen magischen Wesen angegriffen wurden.

Das war Utalon passiert, als sie mit Florian, ihrem Boten des Lichts, eines Nachts plötzlich von einer dreiköpfigen Riesenkrähe angegriffen und verletzt wurde.

Sülaton selbst war ebenfalls einst Hüterin eines magischen Eichenstockes gewesen. Damals, vor vielen Hundert Jahren, herrschte

Galawan der Siebte, ein berühmter Elfenkönig. Er war ein hervorragender Magier und großartiger Kämpfer. Doch er hatte die Magie der Drachen unterschätzt, als er glaubte, dass der Besitz der Höhle der Kristalle – oder wie die Elfen und Magier sie nannten: die Höhle der Primzahlenkristalle – ihm alleine die Macht über die Magie dieses Orts verleihen würde. Das war ein Irrtum, denn die Hüter der magischen Eichenstöcke konnten enorme Kräfte entwickeln, wenn sie in den Besitz dieser Kristalle gelangten: Sie wurden dann gegen fast alle Flüche unverwundbar, indem sie ihre Drachenhaut mit einer dünnen Schicht dieser Kristalle panzerten. Das hatte vor fast 1500 Jahren auch Sülaton getan, um Galawan zu besiegen, der sich selbst eine Rüstung aus diesem besonderen Material geschaffen hatte.

Die magischen Eigenschaften dieser Kristalle und auch des magischen Eichenstockes hatten ihren Ursprung in dem Widu-Mineral, das überall in der Enklave Altdrachenstein in mehr oder minder großer Konzentration vorhanden war – besonders viel im Berg Drachenzahn und in der Kristallhöhle. Dort hatten sich sogar größere hauchdünne Kristallstrukturen herausgebildet. Doch die allergrößte Konzentration erreichte dieses Mineral in bestimmten Eichenbäumen oder auch nur in einigen ihrer Äste, aus denen Zauberstäbe geschaffen wurden. Und nur in diesen Bäumen wuchs manchmal eine sogenannte Wurzel des Lebens heran: ein kleiner Ast, aus dem eine ganze Enklave entstehen konnte. Das Gewicht oder die Schwerkraft sowie die Temperatur dieses Minerals waren nicht konstant. Diese Eigenschaften ließen sich beeinflussen, wenn man einen Zauberspruch aussprach.

~~~

Es kam sehr selten vor, dass die Golddrachen Besuch in ihrer Höhle bekamen. Doch Naragon hatte Sülaton eine Gedankenbotschaft geschickt. Es ging um eine wichtige Sache und würde richtig voll werden, denn Naragon wollte mit seiner gesamten Familie kommen.

Sie saßen zu viert auf einer kleinen Felseninsel in der riesigen Höhle, die bestimmt hundert Meter Durchmesser hatte. Die Insel maß in der Länge bestimmt vierzig Meter und bestand aus einem kleinen ebenen Lagerplatz und einem dahinter liegenden Felsen mit einigen Höhlen, in die sich die Drachen nachts zum Schlafen zurückzogen. Von der Decke strahlte intensives Licht herab, das aus einem riesigen Lavakristall kam. Um die Insel herum schimmerte verführerisch eine azurblaue Fläche.

Doch es war in Wirklichkeit ein tiefer

magischer Graben, der verhinderte, dass verwundete Drachen durch den einzigen Eingang in der Höhlendecke auf den Fels stürzten. Der Graben hatte einen Schwerkraftdefekt und fing die Wesen auf.

„Sie kommen", summte Sülaton plötzlich. Die anderen drei Drachen hoben die Köpfe und lauschten. Dann konnten sie es hören. Oben in der Luft ertönte ein Pfeifen. Schließlich öffnete sich nur ein paar Meter neben dem Lavakristall ein breites rundes Loch und ein blauer Drache stürzte herab, gefolgt von einem roten und einem weiteren kleinen Drachen. Dicht über dem Boden der Insel fingen sie ihre Körper mit ein paar kräftigen Flügelschlägen ab und landeten sanft vor Sülaton und ihren Enkeln.

„Sei gegrüßt, Sülaton", summte der große Naragon. Er war ein kampferprobter Drache, der selbst schon fast tausend Jahre alt war.

„Seid gegrüßt, Naragon, und auch deine Familie."

Nach dieser freundschaftlichen Begrüßung bildeten die sieben Drachen einen Kreis. Neugierig musterten sich die jüngeren. Der blau schimmernde Waragon, Sohn des Naragon, fasste die goldene Utalon ins Auge.

Die älteren Drachen ignorierten die Annäherungsversuche der jüngeren. Sülaton warb schließlich mit allerlei räuspernden

Summtönen um die Aufmerksamkeit der anderen. Als die jüngeren Drachen ihre Köpfe endlich schläfrig auf den Felsgrund senkten, ergriff sie mit einem tiefen Summen das Wort.

„Seit einiger Zeit beobachte ich merkwürdige Geschehnisse in unserer Enklave. Ihr habt es sicher auch schon mitbekommen, dass von Zeit zu Zeit ein unerklärliches Klopfen und Grollen aus den Tiefen des Drachenzahns erklingt. Der Drachenzahn, der riesige Berg, unsere Heimat, in dem unsere Höhlen liegen, ist von jeher ein ruhiger, sanfter Berg gewesen. Nie hat es Erdbeben in unserer Enklave gegeben. Deshalb frage ich Euch, ob jemand eine Erklärung für dieses merkwürdige Geschehen hat?"

Eine Pause, in der niemand etwas sagte, folgte. Dann wogte Naragons Kopf langsam und bedächtig hin und her.

„Wir haben diese Geräusche gespürt, doch auch wir haben keine Erklärung dafür." Laragon, seine Frau, nickte zu diesen Worten.

Filaton, der einzige Drache, der jemals außerhalb der Enklave gewesen war, räusperte sich und meinte:

„Es sind vielleicht Explosionen."

„Explosionen? Was ist das?", fragte Sülaton.

„Menschen und Magier haben Mittel, mit denen sie eine plötzliche Ausbreitung von Luft oder Gestein verursachen können", antwortete

Filaton.

„Hm", summte Sülaton nun unsicher. Sie schwieg nachdenklich eine Weile. Dann verkündete sie, was ihrer Meinung nach zu geschehen hätte.

„Jemand muss draußen in der Enklave nach dem Rechten sehen. Die Magier haben so viele neue Dinge in den letzten Jahrhunderten hierhergebracht, wer weiß, was sie nun wieder ausgetüftelt haben. Wer möchte also in der Enklave nach ungewöhnlichen Dingen oder Ereignissen Ausschau halten?"

„Ich mache das!", rief Utalon begeistert. Sie war die jüngste. „Ich schnappe mir zwei oder drei von den Magiern und bringe sie hierher, damit wir sie befragen können."

„Gute Idee, Utalon", lobte die alte Sülaton. Dann wiegelte sie jedoch ab: „Aber wird nicht vielleicht jemand die Magier vermissen und das Verschwinden uns Drachen in die Schuhe schieben?"

Utalon schaute stumm zu Boden.

„Dann möchte ich die Aufgabe übernehmen", sagte Waragon. „Ich verwandle mich in einen kleinen Vogel, fliege zu den Menschen und belausche sie. Irgendwann wird schon jemand etwas über die Erschütterungen erzählen und dann wissen wir Bescheid."

Sülaton gab zu bedenken, dass sich das

Warten auf wichtige Informationen recht lange hinziehen könnte. Außerdem neigten magische Vögel leider zum Vergessen. Man könne nicht ausschließen, dass Waragon sich nicht mehr an das erinnern konnte, was er als kleiner Vogel erlebt hatte.

Nawalon schlug nichts vor. Er hatte zwar eine Idee, aber er wusste, dass Sülaton sie auch verwerfen würde. Diese schaute Naragon schließlich an.

„Ich habe beim Jagen in unserer Enklave mehrmals beobachtet, dass abends sehr viele Lichter im Westdorf der Magier leuchten, jedoch keine in Altdrachenstein, dem größten Dorf in der Enklave. Auch die Burg Altdrachenstein selbst ist an vielen Tagen dunkel – als ob dort niemand mehr leben würde. Mit dem Ostdorf verhält es sich genauso. Es sieht so aus, als ob fast alle Magier nun im Westdorf lebten", erzählte der alte Drache.

„Und du, Laragon, was meinst du?"

Die Drachenmutter der Buntdrachenfamilie schwieg und runzelte die Stirn, soweit ein Drache eben seine Stirn runzeln konnte. Doch schließlich kam ihr noch ein Gedanke.

„Vielleicht sollten wir das Drachenbuch befragen? Ich weiß jedenfalls keine Antwort auf die Frage, woher diese merkwürdigen

Geräusche kommen könnten."

„Natürlich", sagte Sülaton. Auf ein unsichtbares Zeichen hin öffnete sich eine Klappe auf der Vorderseite einer unscheinbaren Truhe, die neben der goldenen Drachengroßmutter am Boden stand.

~~~

Sülaton erinnerte sich zurück an die Zeit, in der das Buch entstanden war. Es war kurz nach dem Entscheidungskampf zwischen ihr und dem letzten starken Elfenkönig, Galawan dem Siebten, gewesen. Sie hatte mit den anderen Drachen die Kristallhöhle zurückerobert und durchsucht. In einem dicken Einband, der halb so groß war wie der Arbeitstisch des Elfenkönigs, fand sie alle seine Aufzeichnungen. Es war ein Haufen umfangreicher Papiere, die von oben bis unten mit komplizierten Zaubersprüchen und magischen Absonderlichkeiten vollgeschrieben waren. Besonders die Zaubersprüche hatten ihre Neugier geweckt und sie fing an, darin zu lesen. Dann fand Sülaton weitere Aufzeichnungen in der Höhle, und was ihr wichtig erschien, tat sie ebenfalls in den Einband. Doch dieser schien nicht dicker zu werden. Hin und wieder rieselte Staub von der Höhlendecke, der von den magischen Primzahlenkristallen stammte. Er sorgte dafür, dass die Blätter dünner und dünner gepresst wurden, ohne dass das Papier dabei an Festigkeit verlor.

Viele Jahre später hatte Sülaton Schwierigkeiten, eine bestimmte Begebenheit in den Papieren wiederzufinden. Vor Wut hieb sie mit der Pranke auf den Tisch und dummerweise brach das morsche Ding zusammen. Das Buch fiel herunter und klappte auf. Und als sie die Seite anschaute, die nun offen vor ihr lag, stand dort genau jene Begebenheit, nach der sie die ganze Zeit gesucht hatte. Das nächste Mal, als sie etwas suchte und nicht fand, schnaubte sie wütend, und wie von selbst flogen die Seiten wieder vorbei und öffneten sich an der Stelle, nach der sie gesucht hatte.

So verging die Zeit und die Sache mit dem Buch schien sich zu normalisieren. Doch dann wachte Sülaton nachts ab und zu durch merkwürdige Geräusche auf. Zur gleichen Zeit nahmen die alten Papierstapel aus der Elfenzeit auf merkwürdige Weise rapide ab. Das Papier verschwand einfach, ohne irgendwelche Spuren zu hinterlassen. Auch in den Elfenbüchern, die in Kisten und Regalen verstaut waren, fehlten immer mehr Seiten.

Sülaton glaubte, dass daran Grottenwichte Schuld wären, die sich in ihre Höhle verirrt hätten. Aber es gab keine Spuren, die auf sie hindeuteten. Also musste es etwas anderes sein. Sie besorgte sich Numin-Irrlichter vom Burgsee der Enklave. Diese winzigen Tierchen strahlen in der Dunkelheit ein dunkelblaues Licht aus, das nur Drachen sehen können.

Leise öffnete sie in der nächsten Nacht ein altes Drachenhorn, in dem sie die Numin-Irrlichter versteckt hatte. Wie lautlose Mücken schwärmten die winzigen Tierchen aus und hüllten die ganze Höhle in ein mattes Licht. Sülaton schaute in die Richtung, aus der das Geräusch gekommen war, das sie geweckt hatte, und zum ersten Mal sah sie, was nachts vor sich ging: Das dicke Buch lag dort am Boden und löste auf magische Weise Seiten aus einem anderen Buch heraus. Dann klappte der Einband auf und die Seiten verschwanden in dem diebischen Biest. Dann schwebte das dicke Buch mit atemberaubender Geschwindigkeit zu ihrem Lager zurück, wohin sie es jeden Abend auf den Boden legte.

Sülaton beschloss, es von nun an jeden Abend in eine Kiste zu sperren. Das nützte allerdings nichts, denn schon in der ersten Nacht fing das Drachenbuch an zu weinen, so herzzerreißend, dass sie beschloss, mit ihm zu reden.

„Okay, ich lasse die Klappe der Kiste offen, aber du darfst keinen Lärm mehr machen und vor allem darfst du den anderen Büchern nichts mehr tun. Verstanden!"

Doch da jammerte das Drachenbuch nur noch schlimmer.

„Wie soll ich mich denn dann an das erinnern, was in den Büchern steht?"

Aber Sülaton gab nicht nach.

„Nein, nein und nochmals nein", sagte sie genervt.

„Also gut", sagte das Drachenbuch schniefend, „aber dann brauche ich Papier, um die Elfenbücher abzuschreiben."

Von diesem Tag an verschwanden keine Seiten mehr aus den anderen Büchern und das Buch erhielt seinen Namen: Es war das Drachenbuch. Schon am nächsten Abend bemerkte Sülaton, dass nun auf dem bisher leeren Einband das Bild eines mächtigen Drachen prangte, der ihr verteufelt ähnlich sah. Das machte sie sehr stolz.

2
Der Plan

Seit jener Nacht war das Drachenbuch nicht mehr dicker und schwerer geworden, sondern nur klüger und gebrechlicher. Sülaton stupste es nun mit der Nasenspitze an und ein Stöhnen erklang aus dem Einband. Mühsam schob es sich Stück für Stück aus der Truhe heraus, bis es im Licht des Lavakristalls zwischen den Drachen lag. Das Drachenbuch seufzte und klappte seinen Umschlag auf. Unzählige Seiten flogen hin und her, einige lose, andere fest verklebt. Plötzlich kamen die Blätter zum Stillstand. Das gelbe Papier verfärbte sich weiß, es schien nachzudenken. Dann, mit einem Mal, fing die aufgeschlagene Seite an zu schimmern, Buchstaben wurden sichtbar: „Explosionen, Geräusche und Erschütterungen."

„Ist das alles", fragte Utalon leise und schaute mit großen Augen zu Sülaton hoch. Ihr Kopf streckte sich immer näher an das Buch heran, bis sie merkte, dass alle erwachsenen Drachen sie böse anschauten.

„Pst", flüsterte Sülaton ungehalten, „es denkt nach."

Weitere Buchstaben erschienen.

„Zu Erschütterungen mit vorhergehenden Geräuschen kann es infolge von Explosionen kommen. Diese können von Sprengstoff verursacht werden", lasen die Drachen.

Sülaton blies etwas Luft auf die Seite. Druckerschwärze löste sich vom Papier, stieg in die Luft. Dort zog sie sich zusammen und blähte sich wieder auf. Aus dem entstandenen schwarzen Nebel löste sich ein Wort heraus.

„Vorsicht!" lasen die Drachen, schlagartig zogen sie sich ein paar Meter zurück. Dann flammte ein kleiner heller Lichtpunkt auf und mit einem kräftigen Knall explodierte die schwarze Masse. Zwei der Drachenkinder flüchteten hinter einen Felsen. Nur die jüngste, Utalon, war unter einen Flügel von Sülaton gerast. Nacheinander klappten in den schwarzen Gesichtern der Drachen die Augenlider wieder auf. Gleichzeitig senkte sich eine schwefelige Wolke auf das Buch herab. Ein unterdrücktes Husten ertönte aus dem Drachenbuch, dann ein Krächzen.

„Genug", knurrte Sülaton und hieb mit einer ihrer mächtigen Pranken auf den Boden. Das Buch kroch mühsam unter einigen schweren Hustenanfällen zurück an seinen Platz. „Wir danken dir", summte Sülaton nun sanft. Kurz danach schloss sich der Deckel der Truhe wieder.

„Das ist ja schrecklich", summte Sülaton. „Wir müssen unbedingt herausfinden, wozu die Magier diese Explosionen brauchen."

Sie dachte an all die vielen Höhlen und Tunnel, die die Elfen in früheren Jahrhunderten in mühsamer Arbeit gebaut hatten. Sollten die Explosionen möglicherweise etwas mit dem damals errichteten Höhlensystemzu tun haben? Ob jemand vorhatte, auf diese Weise in die Kristallhöhle einzudringen?

Die jüngeren Drachen waren wieder in den Kreis der erwachsenen zurückgekrochen. Alle spürten, dass sie etwas Wichtiges, etwas völlig Neues gesehen hatten. Und dass eine unbekannte Gefahr irgendwo da draußen lauerte.

Niemand wagte, etwas zu sagen. Für kurze Zeit herrschte totale Stille, dann blies Sülaton mit ihrem heißen Atem ein Zeichen in die Felsfläche vor sich. Es war ein Feuer speiender Drache, der die anderen Drachen böse anfunkelte.

„Das Zeichen zum Kampf", murmelte Naragon und schaute Sülaton entschlossen an. Diese richtete sich zu ihrer vollen Größe auf und sagte:

„Doch vor dem Kampf müssen wir

zunächst die Absichten der Magier und Elfen erkunden. Zu diesem Zweck werde ich mich selbst aus der Höhle hinaus begeben und mit ihnen reden."

Entsetzt schauten die anderen Drachen sie an. Ein stummer, aber erbitterter Protest lag in ihren Gesichtern.

„Ich habe viele Hundert Jahre über Magie nachgedacht. Wir Drachen haben die Magie im Blut und in unseren Gedanken. Unsere Gedanken werden wahr, wenn wir sie intensiv denken oder gar wütend werden. Die Elfen und Magier brauchen dazu aber ihre Zauberstäbe und Formeln. Während die Elfen versuchen, Zusammenhänge und Wirkungen der Magie zu verstehen, gehen die Magier noch einen Schritt weiter. Sie versuchen sogar, neue Magie zu erfinden, etwas, dass es noch nicht gegeben hat. Das Drachenbuch hat mir dies verraten."

Das Entsetzen in den Gesichtern der anderen war einem Erstaunen gewichen und so fuhr sie fort:

„Die Magier können sich in Frösche, Tauben oder sogar Fische verwandeln, nicht jedoch in Elfen oder Drachen. Genauso wenig konnten wir zu anderen magischen Wesen werden und auch den Elfen gelang dies nicht. Allerdings hat sich nun etwas verändert, ein Geschenk des Drachenbuches: Ich bin in der Lage, mich in einen Magier zu verwandeln!"

Naragon schaute die alte Sülaton missbilligend und skeptisch an. Diese schloss die Augen und holte tief Luft. Um ihren Körper bildete sich eine undurchdringliche Wolke und ein Windstoß fuhr durch die Höhle. Als der Nebel sich verzogen hatte, stand eine alte, große Frau mit einem Kopftuch vor den anderen Drachen. Sie watschelte unbeholfen auf und ab, stolperte hin und wieder, ohne jedoch hinzufallen. Die anderen Drachen schnupperten erst misstrauisch, dann jedoch neugierig an diesem Wesen.

„Ich bin immer noch Sülaton", knurrte die Alte. Kurz darauf hatte sie sich wieder in einen Drachen zurückverwandelt. Dann erteilte sie den anderen Anweisungen:

„Es ist wichtig, dass ihr in meiner Abwesenheit das Kämpfen übt, auch wenn es allen Drachen angeboren ist. Das gilt auch für euch!"

Sie blickte die jungen Drachen streng an, besonders Utalon, die ihr ganz aufgeregt zuhörte.

„Ihr müsst Naragon und Laragon gehorchen, solange ich nicht da bin. Ich bin spätestens in drei Tagen wieder zurück. Aber bevor ich die Höhle verlasse, möchte ich mit Utalon ein paar Worte allein reden."

Sie begaben sich in Sülatons Höhle. Dort wandte sie sich an das Drachenmädchen:

„Ich hoffe, dass alles gut geht bei meiner Erkundung, doch man kann nie wissen. Was ich dir jetzt sage, ist nur für den Fall, dass mir etwas zustößt: Du hast das mit Abstand geringste Wissen von allen Drachen. Deshalb ist es für dich dort draußen auch am gefährlichsten. Filaton und Nawalon habe ich schon einiges beigebracht und Waragon hat seinen ersten Kampf sogar schon hinter sich."

Utalon sah Sülaton niedergeschlagen an.

„Ich habe deshalb beschlossen, dir etwas zu offenbaren, was ich bisher niemandem erzählt habe. Du musst mir allerdings schwören, dass du niemals dieses geheime Wissen weitererzählst!"

Den letzten Satz sprach Sülaton sehr eindringlich und fordernd. Utalon schluckte schwer. Ein Dracheneid! Sie wusste nicht viel darüber, aber eins war klar: Wenn sie ihn brach, dann würde sie unter entsetzlichen Schmerzen sterben. So nahm sie allen Mut zusammen und sprach die Formel:

„Ich, Utalon, vom Stamm der Wurzeldrachen, schwöre feierlich, dass ich das geheime Wissen der Drachen niemals verraten werde. ICH SCHWÖRE!"

„Gut", sagte Sülaton erleichtert lächelnd.

„Wenn du irgendwo in der Enklave oder

auch anderswo in Bedrängnis gerätst, dann kannst du das Drachenbuch mit deinen magischen Gedanken um Hilfe bitten. Sag einfach: ‚*Röpan Draka Handagei*'. Das Buch wird dir einen Rat geben."

3
Die Söldner

Sülaton hatte die anderen Drachen noch vor dem Morgengrauen verlassen. Von Naragon wusste sie, dass der Fährmann der Magier stets kurz nach Sonnenaufgang Besucher der Enklave von der Insel am Rand des Burgsees abholte. Also war sie in der Dunkelheit zur Insel geflogen und hatte sich dort in eine alte Frau verwandelt. Nun stand sie in der Dämmerung im alten Schuppen auf der Insel und wartete auf den Fährmann. Es regnete in Strömen und sie fing an zu frieren. Auf dem Kopf trug sie einen mächtigen Hut, der sie auf dem Boot einigermaßen trocken halten würde. Allerdings graute ihr vor der Überfahrt. Sie hätte sich gerne wieder in ihre richtige Gestalt zurückverwandelt, doch das hätte den Fährmann sicherlich verschreckt. Und sie war ja hier, um herauszufinden, was bei den Magiern los war.

Plötzlich hörte Sülaton Stiefeltritte im Matsch und Gelächter. Offenbar kamen die Geräusche vom Sumpfpfad, der von der Welt der Menschen zur Enklave führte. Neugierig blickte sie vom Hütteneingang in den Nebel hinaus und tatsächlich tauchten kurz darauf vier große düstere Gestalten auf.

„Na, sieh mal einer an. Eine alte Vettel will auch über den See. Na, Muttchen, wo willste denn hin?"

Diese Typen waren Sülaton überhaupt nicht geheuer. Zwei trugen Schwerter und Schilde auf dem Rücken, die anderen beiden hatten Pfeile und Bögen dabei. Die Spitzen von Zauberstäben lugten aus den Ärmeln ihrer Umhänge. Ihre Gesichter waren vernarbt und abweisend. Irgendein Haudegenpack, dachte sie, Krieger oder womöglich Schlimmeres.

„Ich besuche meine Schwester. Sie klagte in ihrem letzten Brief sehr über Rückenschmerzen und ob ich ihr deshalb bei der Arbeit etwas helfen könne", erklärte Sülaton.

Die vier Männer hatten sie nun erreicht. Einer griff ihr an den Ärmel und befühlte ihre Schultern.

„Habt ihr gehört?", spottete er, „die Alte ist ein Arbeitstier. Die können wir gut gebrauchen. Dann müssen wir unsere schweren Sachen nicht selbst schleppen."

„Die Alte ist so fett, dass sie kaum ihren eigenen Körper schleppen kann. Und wenn sie mit unseren Sachen im Matsch landet, wer soll dann die Schilde und Schwerter wieder sauber machen?", erwiderte der größte und kräftigste der Bande grinsend.

„Aber die Stiefel kannst du uns doch putzen, Muttchen?", frohlockte der erste nun.

Er trat so sehr in eine Pfütze, dass Sülatons Kleidung von oben bis unten mit Matsch besudelt wurde. Selbst an ihrer Nase blieb ein brauner Klumpen hängen. Während sie diesen mit der einen Hand geschickt von der Nase strich, ließ sie in die andere Hand einen Stab gleiten, der einem Zauberstab sehr ähnlich sah, und sprang nun selbst kräftig in die Pfütze. Der Matsch spritzte noch kräftiger auf. Die vier Männer sahen aus, als wären sie ins Klo gefallen. Sülaton grinste sie herausfordernd an, während sie sagte:

„Ich lache auch ganz gern."

„Das hat gesessen", meinte der größte der Soldaten lachend.

„Das wirst du noch bereuen", drohte der andere dagegen, der feuerrote Haare hatte.

„Heho", erklang es mit einem Mal hinter den Männern. „Ich wusste gar nicht, dass der Matsch heute auch vom Himmel regnet."

Es war der Fährmann. Ein paar Minuten später standen sie alle auf der Fähre und der Fährmann bugsierte das Fahrzeug durch den Nebel. Langsam brach die Sonne durch den Dunst und die Burg Altdrachenstein wurde in der Ferne sichtbar.

„Na endlich", sagte der große Soldat. Wie

seine Genossen stand er am Bug und blickte fasziniert auf die Burg, die sich am Horizont erhob. Nur der Soldat mit den feuerroten Haaren war unzufrieden.

„Ich bin dafür, dass wir der Alten den Hals umdrehen, wenn wir an Land gehen", sagte er. Als die anderen nicht reagierten, beharrte er: „Also was ist?"

„Wir können das auch gleich hier auf dem Boot regeln", sagte Sülaton gelassen und hielt schon ihren nutzlosen Stab in der Hand.

Niemals hielte das Boot ihr echtes Gewicht aus. Alle würden absaufen, wenn sie sich in ihre wahre Gestalt zurückverwandelte.

„Mensch, Frau! Das sind Söldner. Du redest dich um Kopf und Kragen", flüsterte der Fährmann ihr leise zu.

Wütend zog der Rothaarige sein Schwert aus der Scheide, doch da griff ihm der Große ans Handgelenk.

„Von Galgenberg hat gesagt, wir sollen keinen Ärger machen und erst zur Burg kommen, kapiert", zischte der Anführer.

Der Angesprochene ließ das Schwert in die Scheide zurückgleiten, drehte sich von Sülaton ab und schnaubte ein paar Mal intensiv.

Bald darauf legten sie am Landesteg an. Als die Soldaten das Boot verlassen hatten, stieß der Fährmann überraschend seinen Kahn vom Ufer wieder ab.

„Was soll das?", fragte ihn Sülaton. „Ich will auch an Land."

„Nein", sagte der große, dicke Mann barsch. „Es ist besser für dich, wenn du mit mir nach Norden fährst. Ich setze dich dort an Land."

„Aber meine Schwester wohnt im Dorf Altdrachenstein", log Sülaton. „Ich kann nicht den ganzen Weg dorthin zurückgehen."

„Nichts da, Frau. Im Dorf Altdrachenstein wohnt keine Menschenseele mehr, seit die Söldner um von Galgenberg hier das Kommando übernommen haben. Fast alle Bewohner der Enklave sind ins Westdorf geflohen. Dort gibt es ein riesiges Zeltlager und bei Gefahr können sich die meisten ins Dorf flüchten. Es gibt da einen schönen großen Wassergraben, noch aus der Zeit der Elfenkriege. Einer der beiden Zugänge ist nun ein Sumpf und der andere eine Holzbrücke, die man im Notfall in Brand setzen kann.

Sülaton runzelte die Stirn. Das hörte sich alles sehr bedrohlich an. Was mochte das nur für ein wilder Haufen von Soldaten sein?

„Wie viele Hundert Soldaten hat denn von Galgenberg?", fragte sie.

„Von wegen Hunderte von Soldaten. Sind bloß fünfzig. Aber was für welche. Es gibt keinen Schwertkämpfer in der restlichen En-klave, der auch nur einem dieser Söldner ebenbürtig wäre. Einige Lehrer der Schule wären es vielleicht gewesen, aber die sind ja auch geflohen."

„Ja, wehrt sich denn keiner gegen diese Bande?", hakte Sülaton nach.

„Die, die es versucht haben, sind jetzt tot", antwortete der Fährmann.

Nach einer guten halben Stunde steuerte er das Fahrzeug an einen Bootssteg und setzte Sülaton dort ab.

~~~

Sülaton bedankte sich beim Fährmann und watschelte durch den Wald einen Pfad entlang, der sie nach einer Stunde auf ein großes, weites Feld führte. Quer darüber führte ein breiter Weg für Pferdewagen zu einem riesigen Zeltlager, das von zwei Soldaten bewacht wurde. Es war außerdem mit einem doppelten Stacheldrahtzaun gesichert.

„Mensch Muttchen, es ist gefährlich im Wald. Wenn dich die Spießgesellen bekommen hätten, dann wär's dir an den Kragen gegangen", schimpfte der eine Soldat.

Sülaton betrachtete die beiden langen Kerle interessiert. Sie sahen nicht so aus, als ob sie sich vor irgendetwas fürchten würden, doch sie redeten genauso ernsthaft von einer drohenden Gefahr wie der Fährmann.

„Wo stecken denn diese Banditen?", fragte

sie.

„Wenn wir das wüssten", seufzte der Soldat.

„Unsinn!", widersprach sein Kamerad, „sie sind bei der Gruft. Dort gibt es eine riesige Höhle, in die sich diese Banditen verkrochen haben."

„Quatsch!", entgegnete der Erste, „ein Teil von denen wohnt in der Burg, bei der Anlegestelle, und wo die anderen sind, das kann man nur vermuten. Mal hier und mal dort. Und selbst wenn wir es wüssten: Die haben Geiseln genommen und drohen damit, sie zu töten, wenn wir nicht machen, was sie wollen. Und im Kampf sind die uns überlegen, aber wie. Sind zwar nur fünfzig Soldaten, kämpfen tun sie allerdings wie fünfhundert. Sind eben Söldner. Da haben wir keine Chance."

Er schaute resigniert in die Ferne.

So ist das also, dachte Sülaton. Söldner also, mit Geiseln unter der Erde. Sie ging weiter und erkundigte sich bei anderen Leuten. Immer wieder hörte sie die gleiche Geschichte: Die Eindringlinge machten sich in einer Höhle, deren Lage ungewiss war, zu schaffen.

Doch erst am nächsten Tag erfuhr sie, was sie befürchtet hatte. Ein alter Mann erzählte ihr, dass die Söldner auf der Suche nach einem besonderen Gestein mit Kristallen seien.

Seinen Sohn, einen kräftigen Burschen, hätten sie als Geisel genommen. Einmal musste er den Söldnern Proviant bringen. Beim Abladen habe ihm eine der Geiseln heimlich einen Zettel zugesteckt. Es war eine Nachricht von seinem Sohn, in der er schrieb, dass die Halunken Primzahlenkristalle suchten. Sie waren also tatsächlich auf der Suche nach der Kristallhöhle. Sülaton fragte den alten Mann auch noch nach den merkwürdigen Erschütterungen und Geräuschen, die die Drachen gehört hatten.

„Die haben jede Menge Sprengstoff mitgebracht. Keine Ahnung, was sie damit vorhaben, vielleicht einen neuen Tunnel in den Felsen treiben. Was weiß ich."

Nach dem Gespräch zog sich Sülaton zum Schlafen zu einer alten Frau zurück, deren einziger Sohn ebenfalls entführt worden war. Sie war etwas wirr im Kopf und fing immer wieder an zu weinen, wenn sie über diese Dinge nachdachte.

Sie wird langsam verrückt, dachte Sülaton traurig und versuchte, die Alte zu beruhigen. Schließlich legte sie sich neben der verwirrten Seele ins Zelt und beschloss, am nächsten Tag zur Höhle zurückzukehren.

Eins war sicher: Wenn die Söldner einen Plan von dem Höhlensystem hatten, dann mussten die Drachen angreifen. Denn früher oder später würden sie einen der beiden Tunnel von der Höhle der Hoffnung zur Kristallhöhle finden und wissen, was da vor ihnen lag.

Die Elfen hatten zur Zeit der Galawan-Könige vor über anderthalb Jahrtausenden sieben Höhlen erbaut: Die erste war die Kristallhöhle unter dem Drachenzahn, sie war als letzte erbaut worden; die zweite die Höhle der Hoffnung am Ende der Drachenzahnklamm, jedoch tiefer gelegen. Sie war als erste erbaut worden. Die dritte Höhle war die Kräuterhöhle, die vierte die Grufthöhle, die fünfte die Burghöhle und die sechste die Grottenwicht-Höhle. Darüber hinaus gab es noch eine siebte Höhle, aber sie war sehr klein und lag schon außerhalb der Enklave.

Der große Tunnel, der all diese Höhlen verband, war über zwanzig Kilometer lang. Außerdem gab es eine große Anzahl von Nebenhöhlen sowie Umgehungs- und Lüftungstunneln.

~~~

Als Sülaton am nächsten Morgen das Lager verlassen wollte, fiel ihr auf, dass der Doppelposten neben dem Stacheldrahtzaun nicht mehr aus zwei Soldaten bestand, sondern aus zwölf. Alle Leute wurden jetzt sogar zweimal kontrolliert. Sie fragte eine zufällig vorbeikommende Frau nach dieser merkwürdigen Maßnahme.

„Ach, die suchen eine alte Frau, die eine ansteckende Krankheit hat."

„Was denn für eine ansteckende Krankheit?", fragte Sülaton.

„Die Frau ist gestern vom Fährmann zum Anleger im Wald gebracht worden und war vorher mit vier Söldnern auf der Fähre. Vielleicht hat sie von diesen etwas gehört, was sie nicht hören sollte", meinte die Frau flüsternd.

Sie haben damit gerechnet, dass ich komme, dachte Sülaton. Wie waren von Galgenberg und seine Leute darauf gekommen, dass sie sich in eine Magierin verwandeln konnte? Sie hatte ihr Wissen über den Verwandlungszauber aus dem Drachenbuch und das Drachenbuch hatte sein Wissen aus den Aufzeichnungen der Elfenkönige. Sie war vielleicht nicht die einzige, die über die uralte Magie der Elfen Bescheid wusste. Die Söldner mussten einen Magier in ihren Reihen haben, der den Verwandlungszauber kannte und außerdem damit rechnete, dass die Drachen ihn nutzen würden. So musste es gewesen sein.

Also beschloss Sülaton, in einem Versteck die Dunkelheit abzuwarten und dann die Flucht durch den Stacheldrahtzaun zu wagen. Der war sowieso nur aus Eisen, das sie im

Notfall leicht schmelzen konnte.

Tatsächlich blieb sie bis zur Dämmerung unbehelligt. Dann machte sie sich auf den Weg zu einer entlegenen Stelle des Stacheldrahtzaunes. Sie bemerkte zunächst nicht die zwei Gestalten, die ihr leise folgten. Erst, als auf der anderen Seite des Stacheldrahtzaunes Bogenschützen auftauchten, nahm sie die Söldner um sich herum wahr.

Eine Falle, dachte Sülaton wütend. Sie konnte hören, wie hinter ihr die Bogen gespannt wurden, doch sie spürte noch keine Gefahr. Selbst, als der Verwandlungszauber durch ihre Gedanken raste. Erst, als ihre beiden Verfolger sich vor ihr trennten, da spürte sie ihre wachsende Verunsicherung. Sie musste sie einzeln erledigen. Deshalb schwankte sie zwischen Kampf und Flucht.

Eigentlich war es unmöglich für einen Magier auf diese Entfernung ihre einzige Schwachstelle, ihr linkes Auge, zu treffen, dachte sie. Erst recht nicht bei dieser Dunkelheit.

Dann war ihr Verwandlungszauber vollendet. Ein Windhauch raste um sie herum und sie wusste, dass sie wieder zum Drachen geworden war. Da zischten Pfeile hinter ihr und prallten von ihrem Rückenpanzer ab. Jetzt sah sie endlich deutlich die Gesichter ihrer beiden Gegner – und das eine rote Augenpaar. Verflucht, das konnte nicht sein! Der Gedanke an einen Feuergeist durchzuckte sie. Aber das konnte nicht sein, denn ihre Gegner waren ja magische Söldner und keine Geister.

Sülaton wusste nicht auf wenn sie zuerst zielen sollte. Bevor sie ihren eigenen Fluch denken konnte, trafen sie die Flüche ihrer Gegner. Niemals würde es einer der beiden in der Dunkelheit schaffen, ihr gefährdetes linkes Auge zu treffen, machte sie sich Mut. Doch genau das passierte. Dieser eine Fluch vernichtete in einem winzigen Moment ihre Sehfähigkeit. Alles in ihrem Kopf wurde grau. Sie hörte den Jubel des Siegers: „Ich hab sie ins Auge getroffen, Lemort."

„Großartig Deconde!", schrie der andere zurück. „Von Galgenberg hatte recht. Die zischende Sprechweise der alten Frau war schon recht ungewöhnlich, aber der watschelnde Gang hat sie endgültig verraten. Nun ist der Weg zur Kristallhöhle frei.

Ungläubiges Staunen ergriff Sülaton zuerst, doch dann explodierte der Schmerz in ihrem Kopf. Sie versuchte, all ihre Gedankenkraft zu konzentrieren und wünschte sich an einen anderen Ort. Dorthin, wo alles in ihrem Leben angefangen hatte. Zum Ort der Trauer und der Toten. Damals, kurz, bevor sie in den Kampf gegen Galawan den Siebten gezogen war. Sie spürte den Strudel aus Schwerkraft, wie er sich um sie drehte und immer schneller wurde. In ihrem Kopf wurde es heller und heller, bis sie nur noch fiel. Immer tiefer und tiefer. Dann wurde es entsetzlich kalt.

4
Der Friedhof der Drachen

Sülaton sah die drei langen Reihen der Elfenkrieger und die eine Linie der Drachen. Ein tödlich verwundeter Drachen neben dem anderen. Sie verteidigten die letzte Festung der Drachen, dort waren ihre Kinder, die jungen wehrlosen Drachen. Wenn sie diesen Kampf verloren, dann würden die Elfen sie alle töten.

Sülaton war der einzige Drache, der sich für den Kampf gegen die schrecklichen Elfenflüche hatte panzern können. Sie war völlig erschöpft, konnte kaum noch kämpfen. Der Elfenkönig Galawan war tot, durch ihre Feuerflüche gefallen, doch es schien fast zu spät zu sein. Da erschienen endlich, endlich die anderen elf gepanzerten Drachen am Himmel, mit denen sie die Kristallhöhle eingenommen hatte, und griffen die rechte Flanke der Elfen an. Langsam wurden deren Reihen zurückgedrängt und die Elfen ließen von den vielen verwundeten Drachen ab.

Dann verschwammen die Bilder der Vision. Sülaton spürte, dass sie am Boden lag und ihr

Körper glühend heiß war. Etwas drückte auf ihre Augenlider. Es war nur ein Albtraum gewesen, der Albtraum von der letzten Schlacht in ihrem Leben, von der einzigen Schlacht. Sie konnte die Augen nicht öffnen. Warum? Dann hörte sie die Stimmen.

„Der Drache wacht langsam auf", flüsterte eine leise Stimme, die nach einer Frau klang. Einer sehr jungen.

„Lass uns etwas zurückgehen. Wenn er wach ist, wird er Angst haben und wütend werden", flüsterte ein Mann.

Magier oder Elfen waren in ihrer Nähe. Wut raste durch ihren Kopf. Sie spuckte laut brüllend Flammen. Äste splitterten und Blätter zerstieben. Doch sie konnte keine Reaktion wahrnehmen. Ob sie die beiden verjagt hatte?

Sülaton erinnerte sich an den hinterhältigen Angriff der beiden Magier. Sie hatten sie mit dem Todesfluch der Drachen getroffen. Es gab keine Rettung mehr für sie. Sie lag im Sterben, sie konnte den Tod nur noch hinauszögern. Und auch das nur in der Kristallhöhle. Dort gab es die magische Kraft, mit der die Wirkung des Gifts herausgezögert werden konnte. Eigentlich war es ein Wunder, dass sie noch nicht tot war.

„Wir wollen dir doch nur helfen", sagte die Mädchenstimme.

Sülaton brüllte erneut. Die Stimme klang

recht weit entfernt. Sie war in Sicherheit.

„Wenn wir dich hätten töten wollen, dann hätten wir es längst getan", bekräftigte die Männerstimme.

Wieder brüllte Sülaton drohend und dieses Mal spukte sie erneut einen großen Feuerschweif. Doch die Flamme raste in den Himmel. Sie schnupperte in die Richtung, in der die beiden sich befinden mussten. Leider war auch ihre Nase mittlerweile mächtig angeschwollen. Selbst das Atmen tat ihr weh.

„Lass uns gehen", sagte der Mann nun, „der Drache ist wild und außerdem wird er morgen früh tot sein. So oder so. Ein so hohes Fieber kann kein Wesen länger als drei Tage aushalten."

„Wenn er die Medizin nimmt, dann erlebt er den übernächsten Tag. Und wenn die Krankheit dann überwunden ist, hat er es geschafft."

Törichtes Ding, dieses Mädchen, dachte Sülaton, sie hat keine Ahnung.

„Es ist keine Krankheit. Das Biest hat den Todesfluch abbekommen. Kein Drache kann das überleben. Man kann es auch an seinem Schwanzende sehen: Es leuchtet nicht mehr golden", belehrte sie der Mann.

„Ich kümmere mich trotzdem um ihn, Narin", sagte das Mädchen.

„Ich verbiete es dir, Fanina! Es ist zu

gefährlich."

Sülaton wollte nur noch ihre Ruhe haben, deshalb mischte sie sich in das Gespräch ein:

„Ich habe Kopfschmerzen, mein ganzer Leib brennt, und ihr geht mir fürchterlich auf die Nerven. Außerdem hat Narin recht: Ich werde morgen früh tot sein. Bringt mir etwas zu trinken, wenn ihr denn unbedingt barmherzig sein wollt. Ansonsten lasst mich in Ruhe!"

Sülatons Kopf fiel nach dieser Anstrengung auf den Boden und sie dämmerte langsam wieder in die Bewusstlosigkeit hinüber.

~~~

Geraume Zeit später erwachte Sülaton erneut und fühlte sich etwas frischer. Der Körper brannte zwar immer noch, aber der Druck auf die Augen und im Kopf hatte nachgelassen. Sie konnte auch etwas besser atmen. Was war geschehen?

„Du bist wieder wach", sagte das Mädchen. Ihre Stimme klang erleichtert. „Ich habe dir eine Kräutermischung in die Nasenlöcher getröpfelt und über die Augenlider gelegt. Und nebenbei habe ich dir auch noch unzählige Liter Wasser in dein Maul gegossen."

Offenbar liegt der jungen Elfin tatsächlich etwas an mir, dachte Sülaton. Da kam ihr eine Idee.

Sie hatte noch genug Kraft, um zu fliegen, wenigstens heute Abend, das fühlte sie. Morgen früh war es vielleicht schon zu spät. Dann war die Kraft des Körpers verbraucht. Wenn sie sich jetzt aufmachte, dann hatte sie noch die Chance, einige Wochen in der Kristallhöhle weiterzuleben. Dort gab es außerdem die Möglichkeit, nach einem Mittel gegen den Fluch zu suchen. Dort war auch das Drachenbuch.

Ob sie heute Abend oder morgen früh starb, das war egal. Sie musste es riskieren. Sie war ein Wurzeldrache, der auch blind mit einem Boten des Lichts fliegen konnte. Aber würde das auch mit einem anderen Magier oder Elfen gehen?

„Könntest du mir einen Gefallen tun?", fragte Sülaton Fanina.

Fanina hatte ein mulmiges Gefühl, als sie bald darauf hinter dem Kopf des Drachen in einer kleinen Kuhle saß und ihre Hand auf einen knöchernen Höcker legte. Hier war die Haut besonders dünn. Würde der Drache jetzt tatsächlich mit ihren Augen sehen können?

Sülaton spürte die Hand auf der dünnen Haut über dem Knochen. Licht kehrte in ihren Kopf zurück und Freude, unbändige Freude.

„Es geht", summte der alte Drache aufgeregt. „Ich kann wieder sehen, leider nicht so viel, wie ein Drache normalerweise sieht.

Aber es geht. Immer schön nach vorne schauen, Fanina. Wenn deine Augen tränen, mach sie kurz zu und blinzle die Tropfen weg. Verstanden?"

Fanina murmelte ein ängstliches „Ja". Federn hüllten sie auf ihrem Platz von allen Seiten ein.

Sülaton richtete sich auf, stöhnte und schaute zu den Baumspitzen hinauf. Sie orientierte sich. Dann wusste sie es wieder. Es war der südlichste der zwölf Monolithen im Elfental. Nur ein paar Kilometer weiter befand sich eine Steilwand mit der magischen Öffnung zur Kristallhöhle. Normalerweise keine fünf Minuten entfernt. Sie musste nur genügend Höhe gewinnen. Ob die Kraft reichte, würde sie in einer Minute wissen.

Sülaton breitete die Flügel aus und fühlte plötzlich wieder die unbändige Drachenkraft in ihrem Körper. Dann verlagerte sie das Gewicht nach vorne und stieß sich mit den Beinen ab. Nach vier Flügelschlägen glaubte sie, ihre Lunge würde explodieren. Sie würde es nicht schaffen, doch dann spürte sie den Wind unter den Flügeln. Mit jedem Flügelschlag wurde das Fliegen nun leichter und als sie anfing zu gleiten, wusste sie, dass sie es schaffen würde.

Es war ein sonniger Tag, weit und breit keine Wolke am Himmel. Hier über den

Monolithen gab es leichte Aufwinde. In der Ferne tauchte der nebelige Tunnel in der Luft auf, der die kleine Enklave der Elfen mit der der Magier verband. Kurz darauf war sie fast da. Dort war die Felswand mit ihrem dreihundert Meter tiefen Abgrund. Weiter oben konnte sie die von Wolken verhangene weiße Bergspitze des Drachenzahns erkennen. Dreimal kreiste sie vor der Wand, während der Wind sie langsam nach oben drückte. Dann steuerte Sülaton auf die Öffnung in der Felswand zu.

„Nicht die Augen schließen, egal was passiert!", mahnte sie summend das Mädchen auf ihrem Rücken. „Es gibt eine Öffnung im Felsen, auch wenn es aussieht, als ob dort eine feste Granitwand ist."

Fanina sah die Wand auf sich zurasen, doch sie ließ die Augen offen, auch wenn die Angst sie fast betäubte.

Im Bruchteil einer Sekunde verschwand der Drache in einem dunklen Loch. Dann ging es schräg hinunter. Von den Wänden strahlte bläulich schimmerndes Licht. Tiefer und tiefer und mit einem Mal war es taghell. Sie rasten auf eine dunkelblaue Felsfläche zu. Sülaton merkte, dass sie nicht mehr genug Kraft für eine sanfte Landung haben würde. Deshalb suchte sie sich die breiteste Stelle des Grabens aus und versuchte, ihren mächtigen Körper so gut wie möglich abzufangen. Doch sie spürte, dass sie zu schnell war. Alles würde gut werden, dachte sie, denn sie selbst hatte diesen Graben genau für einen solchen Notfall geschaffen. Sie merkte, wie Fanina von ihrem Rücken geschleudert wurde, dann verlor sie das Bewusstsein.

~~~

Als Sülaton erwachte, war sie wieder blind. Sie spürte ihre Erschöpfung, dann nahm sie den Geruch der Truhe wahr. Demnach musste sie auf ihrem Lieblingsplatz, der dunkelblauen Felsplatte, liegen. Ein Stich der Freude raste durch ihren Kopf. Ihr Körper glühte noch heißer als sonst, doch sie konnte immer noch gut atmen.

Dann nahm der Schmerz in ihrem Kopf wieder zu. Ihre Augen waren grau, denn sie konnte nichts sehen. Sie schnupperte suchend einmal kurz in alle Richtungen. Wer war in der Höhle und was war aus Fanina geworden?

„Filaton, bist du das?"

„Ja", antwortete das junge Drachenmädchen zaghaft.

„Wo ist Fanina, die junge Elfe, mit der ich gekommen bin?"

„Ich habe sie gefesselt."

Filaton berichtete, was in ihrer Abwesenheit geschehen war: Als Sülaton nach drei Tagen immer noch nicht zurück war, brach Naragon auf, um sie beim Ostdorf oder bei der Burg zu suchen. Als er am Morgen danach nicht zurückgekehrt war, ging Laragon auf die Suche nach den vermissten Drachen. Sie kam ebenfalls nicht zurück. In der folgenden Nacht machte sich Nawalon auf, doch Waragon und Utalon folgten ihm eigenmächtig zur Burg Altdrachenstein, wo Nawalon nach den anderen suchen wollte.

Sülaton schüttelte unwillig den Kopf. Sie hätte niemals aus der Höhle verschwinden dürfen. Naragon schien etwas zugestoßen zu sein und die jungen Drachen hatten keinen Funken Verstand in ihrem Kopf. Jetzt waren nur noch sie und Filaton übrig. Wenn Laragon Naragon gefunden hatte und dieser möglicherweise verletzt war, dann würde sie bei ihm bleiben und für ihn sorgen, bis er gesund war oder starb. Das war eine von vielen Drachenregeln.

Sie hatten es mit einem klugen Gegner zu tun, der von Anfang gewusst hatte, wie sie, die Drachen, vorgehen würden. Sülaton fürchtete nicht nur um das Leben der jungen Drachen. Wenn es ganz schlimm kommen würde, dann würden sie nicht nur die Drachenkinder, sondern sogar die Kristallhöhle verlieren. Sie brauchten Hilfe. Würden die Elfen ihnen beistehen? Konnte sie es wagen, sie um Hilfe zu bitten?

Sülaton hatte eigentlich beabsichtigt, die Ursache der Explosionen aufzuklären. Nun hatte sie herausgefunden, dass von Galgenbergs Söldner einen Großteil der Einwohner in der Enklave vertrieben hatten und wahrscheinlich auch hinter den Explosionen steckten. Dies alles beunruhigte die Drachendame sehr, um so mehr, weil von Galgenberg ihr, einem alten und erfahrenen Drachen, diese heimtückische Falle gestellt hatten. Wenn sie so viel Weitsicht hatten, dann war es auch möglich, dass sie die kleinen Drachen fingen, und als Geiseln benutzten. Jemand musste die Kleinen warnen, wenn es nicht schon zu spät war.

„Wann sind Nawalon und die anderen aufgebrochen?"

„Gestern Morgen", sagte Filaton. Ihre Stimme klang traurig.

„Lass Fanina frei", summte Sülaton müde. Dann wandte sie ihren Kopf Filaton und Fanina zu, die nun etwas dichter an sie heranrückten:

„Wir müssen herausfinden, was aus Laragon und Naragon geworden ist. Wir müssen feststellen, wo Nawalon, Waragon und vor allem Utalon stecken. Und jemand muss Florian finden, Utalons Boten des Lichts. Der Magier, der mich verletzt hat, hatte rote Augen. Rote Augen gibt es normalerweise nur bei Feuergeistern. Aber sein Fluch hatte eine gebogene Flugbahn, deshalb konnte ich nicht ausweichen. Ihr müsst unbedingt herausfinden, was er für ein Wesen ist."

Erschöpft hielt sie inne und atmete schwer.

„Wenn es ein Feuergeist ist, dann schweben wir alle – Drachen, Elfen und Magier von Altdrachenstein – in größter Gefahr, denn er ist fast unbesiegbar. Nur ein Rachegeist, der zu seinen Lebzeiten ein großartiger Kämpfer war, hat eine Chance, ihn zu besiegen. Auch das *Wasser des Lebens* könnte uns vor einem Feuergeist retten, aber es kommt nur in der Höhle des Gleichgewichts vor und nur ein Bote des Lichts kann dorthin finden. Vielleicht Florian."

Erneut machte sie eine Pause.

„Wir brauchen Hilfe, Fanina. Werden die Elfen uns helfen? Bedenke, auch ihr seid in Gefahr, wenn die Söldner einen Feuergeist in ihren Reihen haben. Findet Drachennot und Florian. Sie müssen wissen, was hier vor sich geht."

Das Fieber stieg weiter. Dann merkte Sülaton, wie ihr wieder schwindlig wurde und sie das Bewusstsein verlor.

5
Die Falle

Auf einem Podest in einem großen Saal der Burg Altdrachenstein befand sich eine hölzerne Lafette mit einem dicken, angespitzten Eichenstamm, der durch einen großen Fensterrahmen, in dem die Scheiben fehlten, in den Burghof zielte. Ein Mann hockte auf einem Sitz neben dem Stamm und drehte die Lafette mit einer Kurbel hin und wieder nach rechts oder links. Mit einer weiteren Kurbel konnte er den Eichenstamm hoch oder runter bewegen. Gut ein Viertel des Burghofes lag in seinem Zielbereich.

Die Dämmerung war längst vorüber. Dunkelheit hüllte die Burg ein, bis der Mond durch die Wolken schimmerte.

„Ich versteh nicht, wieso ihr glaubt, dass der Drache wiederkommen wird, von Galgenberg", sagte ein schmächtiger, blasser Mann.

„Er wird auch nicht wiederkommen, jedenfalls nicht in den nächsten sieben Tagen. Er hat ein halbes Pfund Myrtenopium bekommen, bevor wir ihn ins Kellerverlies des Schlosses geschafft haben. Ich habe keine

Ahnung, wie er von dort verschwinden konnte. In jedem Fall hatte er Hilfe. Stellen sie seinem Helfer, wahrscheinlich einem Drachen, diese Frage, nicht mir, Deconde. Für sieben Tage haben wir Ruhe vor den beiden Drachen, denn der gesunde wird alle seine Gedankenkraft brauchen, um den verletzten zu retten. Wahrscheinlich stecken die beiden in irgendeiner Höhle und warten dort auf die Genesung des getroffenen Drachen. Erst wenn das geschehen ist, können sie Kontakt zu anderen Drachen aufnehmen."

„Hm", meinte Deconde, „dann warten wir jetzt also auf einen anderen Drachen?"

Deconde trug eine Perücke, seine Gesichtshaut schien gegerbt zu sein wie Leder. Die Hände steckten in Handschuhen, sodass nur die Fingerspitzen ein Stückchen hervorschauten. Sie wirkten im dunklen Mondlicht wie Knochen. Decondes Zähne waren übernatürlich groß und lang. Die Augen strahlten ein seltsames rötliches Licht aus, wie kleine Scheinwerfer. Hin und wieder ging Deconde zwei, drei Schritte. Dabei schien es so, als ob er leicht humpelte.

„Richtig", antwortete von Galgenberg. „Der goldene Drache, den sie mit dem Todesfluch getroffen haben, wollte verständlicherweise herausfinden, was unsere Explosionen zu bedeuten hatten. Im Westdorf erfuhr er, dass wir uns in der Burg oder in der Grufthöhle verschanzt haben. Wahrscheinlich hat er dies den anderen Drachen mitteilen können. Der blaue Drache ist hierher gekommen, um den goldenen zu finden. Sein Pech, dass wir wussten, dass er hier auftauchen würde. Der goldene Drache liegt irgendwo im Sterben, aber der blaue ist in der Nähe und hat einen Rausch. Vielleicht kommt noch einer und den müssen wir fangen, um ihn als Geisel zu benutzen. Wir wollen die Kristallhöhle, die Drachen wollen die Geisel auslösen. Das ist unsere Chance, an die Kristalle ranzukommen. Aber wir wollen alles, die ganze Höhle. Mit den Kristallen können wir uns panzern und dann auch ohne Geiseln die gesamte Enklave in Besitz nehmen. Wir werden herrschen. Machen Sie sich keine Sorgen, Deconde. Solange die Drachen nicht wissen, wer Sie in Wirklichkeit sind, kann uns nichts geschehen."

„Ich verstehe", sagte Deconde.

„Mir ist etwas anderes nicht klar, von Galgenberg", mischte sich ein Mann in das Gespräch ein, der bisher geschwiegen hatte. „Wie willst du verhindern, dass der nächste Drache nicht auch wieder mir nichts, dir nichts verschwindet?"

„Wenn es ein junger Drache ist, dann ist er unerfahren und es besteht überhaupt keine Gefahr, Lemort. Wenn es ein alter Drache ist, dann müssen wir ihn eben in ein Verlies bringen und ständig bewachen – und zwar mit dieser Fluchschleuder", erklärte von Galgenberg und zeigte auf den angespitzten Baumstamm vor sich, der wie ein riesiger Zauberstab aussah.

„Diese Fluchschleuder ist doch für einen größeren Drachen nicht sonderlich gefährlich. Erst recht nicht für einen, der gepanzert ist, von Galgenberg. Der blaue Drache war nur fünf Minuten betäubt, wenn ich das richtig mitbekommen habe."

Von Galgenberg zog ein kleines Fläschchen mit einer silbern schimmernden Flüssigkeit hervor und verteilte fast den gesamten Inhalt gleichmäßig von hinten nach vorne auf den Eichenstamm. Dann gab er dem Mann an den Kurbeln ein Zeichen und deutete auf die Mauer an der gegenüberliegenden Seite des Burghofes. Als der Mann die Spitze dorthin ausgerichtet hatte, murmelte von Galgenberg den Brandfluch: „*Gatandjan*!"

Der Stamm fing silbern an zu glühen, wurde heller und heller. Dann zischte der Fluch über den Burghof und traf auf das Mauerstück, wo er mit einem Knall zerbarst und und ein Loch hinterließ, durch das man einen Ball hätte werfen können.

„Alle Achtung!", sagte Lemort anerkennend.

„Zehn Tropfen reichen zum Betäuben", grinste von Galgenberg und tröpfelte genüsslich zehn Tropfen auf den Eichenstamm, der wieder anfing, matt zu schimmern.

„Und wozu ist dieser merkwürdige Käfig da?", fragte Lemort und zeigte auf einen Kasten am Boden, in dem es hin und wieder merkwürdig brummte.

„Da ist ein Widu-Luchs drinnen. Der ist unser Köder, weil er wunderbar Stimmen imitieren kann. Auch Drachenstimmen und besonders Drachenkinder."

„Und wie willst du in die Kristallhöhle kommen?", fragte Lemort.

„Entweder lasse ich den Weg zur Kristallhöhle frei sprengen oder ich fange Florian Sickner und zwinge ihn, die Schlösser und Tore auf dem Weg dorthin zu öffnen. Ich könnte zum Beispiel seinen kleinen goldenen Drachen töten."

~~~

„Ihr seid unmöglich", schimpfte Nawalon. „Ihr könnt euch im Kampf doch nicht mal richtig verteidigen."

Er meinte damit Waragon und Utalon, die beiden kleinen Drachen, die ihm gefolgt waren. Sie hatten ihn in einem Wäldchen gefunden. Sein Geruch hatte ihn verraten.

Nun saßen sie nebeneinander am Waldrand und beobachteten die Burg, auf der es plötzlich hell aufblitzte. Ein Knall folgte, als ob ein Blitz in das Bauwerk eingeschlagen hätte.

„Habt ihr das gesehen?", sagte Waragon, „diesen hellen Lichtschein. Das war bestimmt ein Fluch. Vielleicht ist Naragon verletzt und braucht Hilfe."

Nawalon schüttelte unwillig den Kopf. Er wusste nicht, wie viele Gegner dort auf sie warteten.

„Ich sage es jetzt zum letzten Mal: Ihr fliegt sofort zurück zur Höhle und bleibt dort", befahl er barsch.

„Ist gut", sagte Waragon mürrisch. „Kommst du mit?"

Er schaute Utalon an. Diese nickte. Dann erhoben sich die beiden Drachen in die Luft und flogen über den Wald in Richtung Norden. Dort lag die Kristallhöhle.

Nawalon schaute ihnen hinterher und als er sie nicht mehr sehen konnte, stieß auch er sich vom Boden ab und stieg hinauf in die Luft. Er kreiste in großer Höhe über der Burg und beobachtete sie. Mit einem Mal ertönte ein fürchterlicher Schrei: Es war der Schrei eines Drachenjungen, das verwundet worden war. Er musste ihm helfen. Doch noch zögerte Nawalon, sich hinunterzustürzen. Vielleicht hatte er sich getäuscht.

Langsam ließ er sich tiefer und tiefer sinken. Da ertönte der Schrei noch einmal und noch lauter. Ob ihnen womöglich Filaton gefolgt war und nun in Schwierigkeiten steckte? Alle Vorsicht fiel von Nawalon ab. Er stürzte hinab in die Ecke, aus der dieser grässliche Laut gekommen war. Kaum war er gelandet, da raste ein Fluch aus einem gegenüberliegenden Fenster auf ihn zu. Er konnte eben noch ausweichen und erwiderte ihn mit einem intensiven Brandfluch. Feuer brach in dem Raum aus, aus dem der Fluch gekommen war.

Nawalon beschloss, sich in eine andere Ecke des Hofes zu verziehen. Als er sich dort umblickte, spürte er einen Schmerz in seinem rechten Flügel. Ich bin getroffen, dachte er verzweifelt. In diesem Augenblick trafen ihn zwei weitere Strahlen. Er schrie und ihm wurde schwindlig, dann verlor er das Bewusstsein.

~~~

Waragon schaute hin und wieder zurück zur Burg, als er zurück zur Kristallhöhle flog. Er war nur widerwillig Nawalons Befehl gefolgt. Plötzlich hörte er diesen Schrei. Er klang so grässlich, dass er eine Kurve flog und die Burg erneut beobachtete. Dann noch ein Schrei und wieder einer.

„Etwas ist geschehen", rief er Utalon zu. „Wir müssen zurück und nachschauen."

„Aber du hast Nawalon versprochen

zurückzukehren", erwiderte Utalon.

Waragon beachtete sie nicht weiter: „Mach doch, was du willst! Ich fliege zurück und sehe nach dem Rechten."

Utalon war hin- und hergerissen zwischen dem Wunsch zu helfen und ihrer Furcht. Doch schließlich folgte sie Waragon zur Burg zurück. Sie sah noch, wie er in den Burghof schwebte. Da erscholl wieder dieser grässliche Schrei, der wie der eines verwundeten Drachen klang.

Utalon landete auf dem Dach des rechten Burgflügels und blickte hinunter. Auf dem Hof lag ein lebloser Drache. Waragon hockte daneben und stupste ihn mit seiner Nase an. Dann sah sie, wie er, von Blitzen getroffen, umkippte. War er betäubt oder tot? Utalon wusste es nicht.

Plötzlich rief eine Stimme: „Auf dem Dach ist noch einer." Unmittelbar danach raste ein Blitz auf sie zu. Im letzten Moment konnte sie den Kopf einziehen. Sie wollte wegfliegen, doch als sie die Flügel ausbreitete, traf sie ein weiterer Blitz. Erschrocken schrie sie auf, dann stürzte sie sich auf der Außenseite der Burg hinab und raste dicht über dem Boden davon.

„Die Krähe! Los, schick ihm die Krähe hinterher", rief jemand.

Kurz darauf erreichte Utalon den Waldrand, wo sie landete und zur Burg zurückschaute. Sie sah einen riesigen Vogel von dort aufsteigen und in ihre Richtung fliegen. Sofort verwandelte sie sich in eine Eule und flüchtete in den Wald. Kurze Zeit später schwebte ein Schatten über sie hinweg. Ein merkwürdiger Schatten, wie ein Vogel, nur mit drei Köpfen.

Sie wartete noch eine Weile und hoffte, dass ihre beiden Gefährten zu ihr zurückkommen würden. Doch nichts geschah. Nur dieser merkwürdige große Vogel kehrte zur Burg zurück und landete dort.

Utalon überfiel eine tiefe Traurigkeit. Sie sehnte sich nach Florian, ihrem Boten des Lichts, den sie vor einiger Zeit verlassen hatte. Damals war sie in der Nähe der Burg von einer dreiköpfigen Riesenkrähe verletzt worden. Sülaton hatte sie danach mit ihren Gedanken zu sich gerufen. Wo war Florian mit all den Schülern aus der Burg? Ob sie ihn jemals wiedersehen würde? Einige große Tränen kullerten ihr aus den Augen.

Sie versuchte, in Gedanken Kontakt zu Nawalon und Waragon aufzunehmen, doch die Schmerzen in ihrem getroffenen Flügel nahmen immer mehr zu, sodass sie schließlich aufgab. Auch der Versuch, Sülaton eine Botschaft zu schicken, scheiterte. Erschöpft schlief sie ein.

6
Überraschung im Dom

Das Konzert war einfach herrlich gewesen. In dem riesigen Dom kam die Musik wunderbar zur Geltung. Der Bischof liebte Bach, besonders seine Violinkonzerte, und er musste seinem Organisten, Kirchenmusikdirektor Johann Sebastian Jubel, zugestehen, dass er nun einmal ein Könner war. Das Konzert war schon seit fast einer halben Stunde vorbei, doch noch immer klangen die Töne in seinen Ohren nach.

Plötzlich hörte er Schritte auf dem Gang. Nun ja, es war spät, doch vielleicht hatte der Jemand etwas vergessen. Da verstummten die Schritte.

„Ich müsste Sie einmal sprechen, Herr Bischof", sagte plötzlich eine Stimme in die Stille.

Wie in Zeitlupe drehte der Bischof seinen Kopf herum. Ein alter Mann saß schräg hinter ihm und lächelte ihn an. Seine Augen blitzten aus dunklen Höhlen und seine Haare waren fast überall weiß, nur oben auf dem Kopf hielt sich ein mattes Grau. Er trug einen grauen Umhang und ein kleines Stöckchen ragte aus einem seiner Ärmel.

Wer zum Teufel sind Sie?, wollte der Bischof ihn fragen. Da sagte sein ungebetener Gast: „Die Musik war wirklich wundervoll, aber ich habe ein dringendes Anliegen. Es geht um Menschen in Not. Nein, das ist nicht ganz richtig: Es geht um Wesen in Not."

Der Bischof sah den alten Mann mit offenem Mund an und holte Luft. Unerhört! So spät am Abend noch bei ihm um Geld zu betteln! Leider musste er diesen Kerl auch noch selbst abwimmeln.

Der alte Mann hatte den Bischof beobachtet und sein Lächeln erstarb. Er hob eine Hand und gebot dem Bischof zu schweigen.

„Aber nicht nur diese Wesen haben ein Problem, sondern auch Sie, Herr Bischof. Es gibt ein Problem in Ihrem Dom und deshalb bin ich heute Abend gekommen. Folgen Sie mir bitte."

Der weißhaarige Mann stand auf und winkte dem Bischof, ihm zu folgen. Unfreundliche Worte brauten sich im Kopf des Kirchenmannes zusammen, die man – gelinde gesagt – als Strafpredigt hätte bezeichnen können. Doch er folgte dem Alten widerwillig. Dieser ging zielstrebig zu einer finsteren Seitenkapelle im südlichen Kirchenschiff und hielt vor einer großen Eisengittertür, die verschlossen war. Er wollte dem Kerl schon sagen, dass die Tür verschlossen sei und er keinen Schlüssel dabei habe, da tippte der Alte mit seinem Stöckchen gegen das Gitter und die Tür der Seitenkapelle schwang auf. Von nun an kroch die Angst dem Bischof langsam über den Rücken.

Sie blieben vor einer Ausgrabungsstätte stehen, die mit roten Sicherheitsbändern abgesperrt war. In über vier Meter Tiefe fanden die Wissenschaftler immer noch interessante Gegenstände. Der Bischof machte sich aber nicht die Mühe hineinzublicken, denn er wusste ja, dass da nur Dreck und Knochen auf seine Augen warteten. Er hatte immer noch ein mulmiges Gefühl, doch er ließ sich nichts anmerken.

„Ich weiß, dass es für Sie eine schreckliche Überraschung sein wird, dort hinunterzuschauen, aber leider kann ich Ihnen das nicht ersparen", sagte der Alte. „Sie haben einen Totenkrieger in Ihrem Dom, der von nun an herumgeistern wird."

Der Bischof wurde mit einem Schlag wütend und fing an zu schreien: „Ich will Ihnen mal was sagen: Wenn Sie noch einmal hier auftauchen, dann werde ich Sie in das Landeskrankenhaus einliefern lassen, in die geschlossene Abteilung."

Doch seine Stimme erstarb mit einem Mal, denn ein unheimliches, silbriges Flackern kam aus der Grube. Er drehte den Kopf ein wenig und sah hinab. Fassungslos öffnete er den Mund, dann fing er an zu hecheln.

Eine riesenhafte Gestalt mit einem silbernen Schwert, so lang wie der Bischof groß war, bläulich schimmernden Augen und einer schwarzen Mundhöhle blickte zu ihm hinauf. Er hielt entsetzt den Atem an, denn der Totenkrieger verströmte einen bestialischen Gestank nach jahrhundertealter Verwesung.

Ich weiß, dass das kein schöner Anblick ist", sagte der alte Mann. „Leider müssen Sie sich von nun an damit abfinden. Die Bestie ist allerdings nur nachts aktiv. Wenn Sie die Türen des Doms abschließen, dann wird sie auch nicht draußen in der Stadt herumgeistern."

Der Bischof kniff die Augen zu und ließ sich die Worte durch den Kopf gehen. Alles, was ihm dazu einfiel, war eine Frage:

„Was ist das für ein Wesen?"

„Eine gute Frage", nickte der alte Mann, „es ist ein Totenkrieger auf der Suche nach Rache. Vermutlich handelt es sich um Graf Drachennot den Siebten von Altdrachenstein und er sucht nach Herzog Georg dem Fünften oder einem seiner Nachfahren, um ihn zu töten. Drachennots Frau wurde im Dreißigjährigen Krieg von einem Heerhaufen Georgs des Fünften umgebracht. Diesen Tod wollte Drachennot unbedingt rächen, doch er starb vorher. Wie es aussieht, weigert sich sein Geist allerdings, den Tod zu akzeptieren."

Der Alte sah den sprachlosen Bischof mitleidig an.

„Leider sind Geister sehr unlogisch handelnde Wesen. Ich kann nicht ausschließen, dass das Biest Sie für einen Nachfolger von Georg dem Fünften hält, da seine Gebeine in Ihrer Kirche liegen."

Der Bischof rieb sich die Augen, schien nicht glauben zu wollen, was er sah, und ging näher an die Grube heran.

„Halt! Zurück!", schrie der Alte, doch da hatte der Geist schon mit dem Schwert ausgeholt, um den Bischof zu treffen. Mit einem schnellen Schritt wich der Kirchenmann zurück. Er spürte, wie eine eisige Kälte sein Bein berührt hatte. Schnell trat er auf den alten Mann zu, griff nach seiner Schulter und redete erschrocken auf ihn ein:

„Machen Sie, dass er verschwindet. Ich will dieses Biest nicht in meinem Dom haben!"

Doch in dem Moment erschien der Totenkrieger auf dem Rand der Grube und ging auf den Greis los. Der wich überraschend geschickt zurück, deutete mit seinem Stöckchen auf die Erde vor sich und murmelte etwas. Eine riesige, silbern schimmernde Spinne entstand aus dem Nichts. Geschickt tänzelte sie um den Totenkrieger herum und gab Leuchtblitze ab, die ihn blendeten, denn immer wieder musste er seinen Kopf von diesem Wesen abwenden, während er beharrlich versuchte, zu einem Hieb auszuholen.

Der Bischof war rückwärts gegen eine Wand gestolpert, an der er nun langsam herunterrutschte. Da schlug die Glocke des Doms dreimal. Die beiden Wesen erstarrten und verschwanden. Langsam kam der Bischof wieder zu sich. Ihm stand der Schweiß auf der Stirn. Endlich traf sein Blick den des Greises.

„Ich erwarte eine Gegenleistung."

„Was für eine Gegenleistung?", fragte der Bischof müde.

„Es gibt da etwa hundert Emigranten, die eine Unterkunft suchen. Ein paar Dutzend würden gerne in dieser Stadt bleiben."

„Emigranten? Hier bei mir in meinem Dom? Niemals."

„Ist das Ihr letztes Wort?"

„Raus! Verschwinden Sie!"

„Sehr wohl, wie Sie befehlen."

~~~

Doch am nächsten Abend zog es den Bischof wieder in die dunkle Seitenkapelle und so stand er zur gleichen Zeit vor den roten Absperrbändern und schaute hinab in die Grube.

Plötzlich hörte er leise Schritte hinter sich. Erschrocken drehte er sich um und sah den alten Greis auf sich zukommen.

„Jemand muss den Geist in seine Schranken weisen, sonst bricht in der Stadt eine Panik aus und Sie haben bald keine Kirchgänger mehr, Herr Bischof."

„Es gibt keinen Geist", sagte der Bischof mit fester Stimme.

Wütend versuchte er, seinen Kontrahenten mit Blicken niederzuringen. Doch der ging einfach an ihm vorbei und schaute nun ebenfalls in die Grube. Der Kirchenmann folgte seinem Blick und nahm erleichtert wahr, dass sie leer war. Sein Gesicht entspannte sich. Da fingen die Kirchenglocken an zu schlagen. Zweimal. Es war halb elf.

Kaum war der Ton verklungen, breitete sich unten in der Grube ein silberner Schimmer aus und ein Geruch der Verwesung stieg auf. Der Totenkrieger war auferstanden! Riesenhaft, die leeren Augenhöhlen im Totenschädel bläulich leuchtend stürzte er auf den Bischof zu, die Grubenwand mit geschmeidigen Bewegungen erklimmend.

Das Gesicht des Bischofs war kreideweiß geworden. Herr, warum hast du mich verlassen?, dachte er. Als ob er seine Gedanken lesen könnte, räusperte sich der alte Mann.

„Normalerweise kann man gegen Geister gar nichts machen."

Der Bischof wandte seinen Blick abrupt dem alten Mann neben sich zu. Der Kerl wusste irgendetwas. Er musste unbedingt erfahren, was es war.

„Was wissen Sie, Mann?", fragte der Bischof mit zitternder Stimme.

„Totenkrieger sind Rachegeister, die sich vor großen Mondscheinspinnen fürchten."

Der Greis lächelte und wandte sich vom Bischof ab, der versucht hatte, sich hinter seinem schmalen Körper zu verstecken. Er zog den kleinen Stab aus seinem Ärmel und zeigte auf die Grube. Da wuchs erneut eine Riesenspinne aus dem Boden, die den Schwertschlägen des Totenkriegers mit atemberaubender Schnelligkeit auswich und ihn stattdessen blendete.

„Totenkrieger haben ein großes Laster: tote Nebelkatzen."

Nun griff der Greis in eine Plastiktüte, die neben ihm stand, und holte ein paar Haarsträhnen und ein Fläschchen mit einer silbernen Flüssigkeit hervor. Er legte einige Haare auf den Boden und ließ einen Tropfen der silbernen Flüssigkeit darauf fallen. Ein zischender Nebel bildete sich, der einen bestialischen Gestank verströmte. Allmählich zeichneten sich im silbrigen Dunst die

Konturen eines sphärischen Wesens mit einer lockigen Mähne ab – eine tote Nebelkatze.

„Das ist etwas, was diesen Totenkrieger gefügig macht", sagte der Alte. „Sie werden sehen."

Er machte eine Pause.

„Nehmen sie die Nebelkatze und geben Sie sie dem Geist!"

Bei diesen Worten erschauderte der Bischof. Der Anblick dieses unbekannten, unheimlichen Wesens ließ ihn zögern. Wie sollte er es überhaupt greifen, so durchscheinend, wie es aussah?

Da ließ der Alte die Spinne mit einem Schlenker seines Stabes verschwinden und schritt mit schnellen Schritten durch das Eisengittertor der Seitenkapelle, das sich hinter ihm lautlos schloss. Zu spät! Der Bischof, der hinter ihm hergeeilt war, rüttelte vergeblich am Tor. In diesem Moment hörte er ein Zischen in der Luft, das Schwert des Totenkriegers. In letzter Sekunde warf er sich zur Seite.

„Reißen Sie eine Locke heraus und werfen Sie sie in die Grube", zischte der Greis hinter dem Tor.

In seiner Not griff der Bischof nach der Mähne der toten Nebelkatze. Er spürte das Fell am Hals, riss eine bläulich glitzernde Locke heraus und warf sie dem Totenkrieger hin. Der wandte sich abrupt vom Bischof ab und schnappte zu. Da löste sich die Nebelkatze in Tausende kleiner Wasserkristalle auf. Eine bläulich glitzernde Nebelwolke stieg auf und legte sich um den Rachegeist, durchdrang ihn und ließ ihn himmelblau aufleuchten. Der Totenkrieger gähnte einmal tief, ging ein paar Schritte zur Grube und sprang hinein. Dort legte er sich auf die Erde und fing binnen kurzem an zu schimmern.

Der Bischof merkte erst jetzt, wie ihm der Schweiß über die Stirn lief und sein Herz raste. Allmählich beruhigte er sich wieder. Eins musste er diesem alten Kauz lassen: Von Geistern verstand er etwas.

Nach einer Pause kam allerdings eine unangenehme Frage.

„Wie sieht es mit meinen Emigranten aus? Wir brauchen Unterkünfte, vor allem in dieser Stadt."

„Was soll ich tun?", fragte der Bischof mit aschfahlem Gesicht.

Der Alte stellte seine Forderungen, während der Bischof ihm mit glasigen Augen zuhörte und beständig nickte.

„Ich heiße übrigens Eloisius Elowan und unterrichte demnächst Physik und Mathematik am hiesigen Gymnasium."

Insgeheim fragte sich der Bischof, wie es

sein konnte, dass sich Naturwissenschaftler besser mit Geistern auskannten als Theologen, wie er selbst, der sich doch ausgiebig mit allem Überirdischen beschäftigt hatte.

7
Überraschung

Er saß auf einem Dach und blickte hinunter in einen Burghof. Ein Drache wurde von einem Blitz getroffen und schrie. Dann rasten Männer auf ihn zu und umringten ihn mit ihren Zauberstäben. Doch er bewegte sich nicht mehr. Einer sah zu ihm hinauf und schoss ein Fluch auf ihn. Er aber wandte sich ab, breitete die Flügel aus und stieß sich vom First ab. Da sah er, wie die Bahn des Fluches sich bog und auf ihn zuraste. Er schloss die Augen und spürte, wie sein Flügel getroffen wurde. Der Schmerz in seinem Kopf war unerträglich. Er schien ihm den Atem zu rauben, doch seine Flügel bewegten sich weiter und immer weiter. Er raste zum Waldrand, fand einen hohen Ast und schaffte es, sich dort festzukrallen.

Florian lag schweißgebadet in seinem Bett. Es war ein Traum und er war im Traum ein Drache gewesen. Wie konnte das sein? Ein Blick auf die Uhr zeigte ihm, dass er fast eine halbe Stunde vor dem Klingeln aufgewacht war.

Kurz darauf las er am Frühstückstisch in der

Tageszeitung „Schleswiger tüddelige Tatsachen" die Schlagzeile „500.000 Euro auf mysteriöse Weise aus Geldtransporter gestohlen." Das Ganze hatte sich in Neuhausen beim Kiefernholzer Gehege zugetragen: Ein Fahrzeug war einer falschen Beschilderung gefolgt, von der Straße abgekommen und ausgeraubt worden. Die beiden Wachen konnten sich an nichts mehr erinnern.

Als Florian den Artikel las, musste er an seine Zeit in der Enklave Altdrachenstein denken, denn am Kiefernholzer Gehege führte der Weg entlang, den er damals mit Herrn Flammner, dem Kampflehrer der Magierschule, gegangen war. Dort hatte er fast ein halbes Jahr in einer alten Burg das Zaubern gelernt und war sogar einmal auf einem Drachen geflogen. Als Florian aus Altdrachenstein zurückgekehrt war, hatte er Schwierigkeiten, sich in seine alte Klasse wieder einzugewöhnen. Er vermisste den Zauberunterricht in Altdrachenstein. Und er schwieg beharrlich über die Zeit in der Enklave. Das hatte ihm der Pastor, der neue Lebensgefährte seiner Mutter eingeschärft.

Ein geheimnisvolles Flair umgab ihn die nächste Zeit. Aus irgendeinem Grund wurden außerdem seine Leistungen in der Schule nicht schlechter, sondern besser.

~~~

Selig stand Florian an diesem Tag einsam auf dem Schulhof, genau an der Stelle, wo damals alles begonnen hatte. Er schaute über die Mauer in die Welt nach draußen, wo die Herrschaft der Lehrer aufhörte, und träumte, bis sich eine schwere Hand auf seine Schulter senkte.

Erstaunt blickte er sich um und sah zu einem Riesen auf. Ein neuer Schüler, Lonni genannt. Er hatte nichts Gutes über diesen Kraftprotz gehört, der über hundert Kilo wog und das schon mit sechzehn Jahren. Er nahm jüngeren und schwächeren Schülern Geld ab. Kein Wunder, dass er sowohl Kev als auch dessen zwei Freunde im Schlepptau hatte, denn das war deren früheres Hobby gewesen. Mit einem Mal hatten die Vier Florian umringt. Lonni führte das Wort.

„Wir haben gehört, dass du wieder da bist, Psycho. Und nun hoffen wir doch, dass du eine milde Gabe für uns hast. Wir haben Hunger und lange nichts gegessen. Ein Euro wäre schön. Zwei wären besser. Wie sieht's aus?"

Lonnis Finger streiften über Florians Pullover. Florian schaute dem Riesen in die Augen. Angst war dort nirgendwo zu sehen. Warum auch? Lonni war deutlich größer als er. Weglaufen war leider auch nicht möglich: Rechts stand Kev und links seine beiden

Freunde. Florian war mulmig zumute, denn als er sich umschaute, sah er, dass kein Lehrer auf dem Schulhof in Sichtweite war.

Bedächtig nickte er. Trotzdem legte sich seine rechte Hand langsam auf Lonnis Lederjacke. Er machte sogar noch einen kleinen Schritt auf ihn zu und stand jetzt ganz nahe bei ihm. Seine Hand schlich noch weiter an Lonnis Jacke hoch und war nur ein paar Zentimeter von Lonnis Hals entfernt. Als er in die Augen seines Gegners schaute, sah er Erstaunen, jedoch immer noch Zuversicht, denn Lonnis linke Hand griff nun fest in den Pullover unter seinem Hals, während seine andere Hand sich zu der Florians auf seiner Lederjacke schlich. Florians Puls begann schneller zu schlagen und er überlegte, ob er Lonni nicht einfach das Knie zwischen die Beine rammen oder gleich mit den Fingern seiner freien Hand ihm in die Augen greifen sollte. Da sagte eine Stimme:

„Wenn jemand Florian verprügelt, dann nur über meine Leiche."

Ein weiterer Junge war aufgetaucht. Es war Slavon, ein Freund von Florian aus der Zeit, als er noch Schüler in Altdrachenstein war. Er war fast genauso groß wie Lonni, aber erheblich stärker. Neben ihm stand lächelnd Torben, auch ein ehemaliger Zimmergefährte aus der Magierschule.

„Ihr habt echt 'ne tolle Schule hier, Florian", sagte Torben bewundernd. „Die Klos und Waschbecken sind fantastisch. Wo sind denn die Duschen?"

Florian sah seine alten Mitschüler aus Altdrachenstein erleichtert an.

„Sind diese Ratten etwa deine Freunde?", fragte Lonni ihn ungehalten. Statt einer Antwort trat Florian seinem Gegner überraschend kräftig auf den Fuß. Gleichzeitig packten die als Ratten beschimpften Jungen Lonnis Ohren und stopften ihm einen Knebel in den zum Schreien weit aufgerissenen Mund. Lonni starrte sie ängstlich an.

„Aufhören! Was soll das?", rief eine weitere, Florian bekannte Stimme aus dem Hintergrund. Sein Blick wanderte vom misshandelten Lonni zu dem großen Mann, der sich nun näherte. Es war Flammner, der Kampflehrer aus Altdrachenstein. Schlagartig ließen Torben und Slavon ihr Opfer los, das sofort prüfte, ob die Ohren noch an der Stelle waren, wo sie hingehörten.

„Wir sind Gäste", schimpfte Herr Flammner. Besorgt sah er Lonni an. „Alles okay?"

Lonni presste immer noch die Hände auf seine Ohren, als ob sie sonst abfallen würden. Sein Versuch, den Knebel auszuspucken, misslang gründlich. Herr Flammner ergriff schließlich einen kleinen weißen Zipfel und nach einem kurzen Ruck fiel der Knebel aus dem Mund. Lonni begann zu husten.

„Nein, die Ohren tun fürchterlich weh. Sie müssen diese Kerle bestrafen!", röchelte er wütend.

„Er wollte Florian verprügeln", wandte Torben ein.

„Hm", sagte Herr Flammner und blickte Lonni mitleidig an.

„Die beiden gehören eingesperrt, die sind ja unzurechnungsfähig. Ich geh mit meinen Freunden friedlich spazieren und da bedrohen die mich. Ich soll ihnen Geld geben."

Lonni deutete mit dem Kopf auf Florian und die Schüler aus Altdrachenstein. Flammner machte ein besorgtes Gesicht, bis er Kev sah.

„Tut dir auch was weh, Kev?"

Kev lugte nur kurz hinter dem Rücken seiner beiden Freunde hervor und schüttelte energisch den Kopf. Herr Flammner nickte lächelnd.

„Am besten kommst du mal mit, Lonni."

Der Kampflehrer ging in Richtung Fahrradkeller, während Lonni ihm humpelnd folgte. Kev und seine beiden Freunde nutzten die Gelegenheit und schlichen heimlich in die dunkelste Ecke des Schulhofes davon. Zu stark erinnerten sie sich noch an ihre erste Begegnung mit Herrn Flammner. Damals war er Florian zu Hilfe gekommen, als sie versucht hatten, von diesem Geld zu erpressen. Eine äußerst schmerzhafte Begegnung.

„Was wollt ihr hier?", raunte Florian inzwischen Torben leise zu.

„Wir sind jetzt Emigranten", sagte Torben.

„Von Galgenberg ist mit einer Horde Söldner nach Altdrachenstein zurückgekommen und hat die ganze Enklave in Besitz genommen," erklärte Slavon.

„Sie haben sogar Geiseln genommen, weil sie angeblich den Elfen geholfen haben", fügte Torben hinzu.

„Die Schüler und fast alle Lehrer sind aus der Enklave geflohen und einige sind jetzt hier gelandet", erzählte Hexine, die sich bisher im Hintergrund gehalten hatte.

Hexine war eines der wenigen Mädchen in der Magierschule Altdrachenstein gewesen.

„Meine Eltern haben ein großes Haus in eurer Stadt gemietet", sagte Torben stolz. Er liebte den Komfort bei den Menschen. „In unserem Haus sind zwölf Magier und Schüler untergekommen. Flammner ist der Hausvorstand. Jedenfalls besser als in der verlotterten Burg."

Kurz darauf kam Herr Flammner mit Lonni aus dem Fahrradkeller zurück. Der Erpresser trug jetzt einen dicken weißen Verband um seinen Kopf, aus dem Jod tropfte, und seine Augen waren glasig.

„Kann ich jetzt gehen?", fragte er Flammner unterwürfig.

„Natürlich", sagte der Mann großzügig, „aber nicht vergessen!"

„Morgen nach der dritten Pause im Fahrradkeller", antwortete der Erpresser wie ein folgsamer Automat.

Da klingelte es und die Schüler strömten in das Schulgebäude. Plötzlich hörte Florian noch eine Stimme, die ihm bekannt vorkam:

„Wo ist denn hier das mineralogische Laboratorium?" fragte Herr Trodem seinen Kollegen Flammner. Trodem war der Lehrer für Mineralienkunde in Altdrachenstein gewesen.

„Da drüben in dem Trakt", lautete die Antwort.

Florian rieb sich seine Augen. Trodem schob einen völlig überladenen Bollerwagen, auf dem haufenweise Kisten gestapelt waren. Vorne zog ein kleiner Mann mit schneeweißen Haaren.

„Das ist Professor Elektrowahn ... ich meine Elowan ... der frühere Mineralienlehrer der Oberstufe von Altdrachenstein. Ihn wollte von Galgenberg aufhängen lassen, aber wir haben ihn befreit", sagte Torben stolz, der Florians erstauntem Blick gefolgt war.

„Wir haben hier an der Schule einen eigenen Klassenraum bekommen", fügte Slavon eifrig hinzu. „Wenn es dir in deiner Klasse zu langweilig wird, dann komm doch zu uns."

Torben sah sich ängstlich um und fing an zu flüstern.

„In Altdrachenstein werden nur sieben Jahre unterrichtet und hier bei euch auf dem Gymnasium acht. Doch die Lehrer haben eingewilligt, uns ein Jahr länger zu unterrichten, weil in Altdrachenstein ja jetzt Krieg herrscht. Na ja, oder weil es ja jetzt besetzt ist von diesem widerlichen von Galgenberg."

Torben war offensichtlich sehr froh, der Gefahr in der Enklave entkommen zu sein.

„Besuch uns doch mal. Wir wohnen jetzt in einer Villa gleich neben dem Landeskrankenhaus, in der Typhusallee 13."

8
Das Elfenschloss

Abends um Viertel nach zehn stand der Bischof wieder vor der archäologischen Grabung in seinem Dom und wartete auf das Monster. Oh, Herr, hilf, dachte er. Da fing es unten in dem dunklen Loch an zu schimmern und der silberne Glanz einer am Boden liegenden Gestalt erschien. Der Totenkrieger wachte langsam auf und blickte zu ihm hinauf. Ein heulender Ton hallte durch das dunkle Gemäuer. Eiskalt lief es dem Bischof den Rücken hinunter.

Er nahm erst den Beutel mit den Haaren aus der Tasche und tat davon einige auf den Boden. Dann öffnete er das Fläschchen mit der silbrigen Flüssigkeit und ließ einen Tropfen auf die Haare fallen. Sofort war wieder dieser Nebel da und natürlich auch der grausige Verwesungsgeruch. Schnell zog er einen Handschuh an und griff nach der Mähne der toten Nebelkatze, die allmählich aus dem Dunst auftauchte. Angeekelt trat er an den Rand der Grube und blickte hinunter.

Der Totenkrieger rammte sein Schwert in den Boden und streckte ihm gierig seine

Knochenhände entgegen. Ein zischender Ton ertönte aus der Mundöffnung. Das sei eine Bitte, hatte ihm der Greis eingeschärft. Normalerweise hole sich so ein Totenkrieger das, was er haben wollte.

Voller Abscheu warf er eine bläulich glitzernde Locke hinunter. Schmatzende Geräusche stiegen vom Boden auf, als sich die Nebelwolke über das Monster legte und es himmelblau aufleuchten ließ. Ein grollendes Geräusch kam aus dem Skelett, das den Steinboden zum Vibrieren brachte. Dann blickte es kurz hinauf, riss sein Schwert aus dem Boden und warf sich zum Schlafen auf die Erde. Zerrissene Töne wie von einer rostigen Säge deutete der Bischof als Schnarchen. Doch als der Körper anfing zu schimmern, wurden sie leiser und leiser und verstummten schließlich, wie auch das Skelett des Totenkriegers langsam verschwand.

Der Bischof war erleichtert, dass die Sache vorbei war. Er warf noch einen letzten Blick in die Geistergrube, dann verschloss er das Tor mit dem Eisengitter.

Als auch der Bischof verschwunden war, erschienen zwei Gestalten. Der weißhaarige Greis tippte mit einem kleinen Stab gegen das Tor, das sich langsam mit einem quietschenden Geräusch öffnete.

„Wie bist du eigentlich darauf gekommen,

dass hier ein Geist hausen könnte, Eloisius?", fragte der Jüngere.

„Ich habe erfahren, dass Georg der Fünfte im Dom begraben ist. Da war es dann bis zu deinem Vorfahren, Drachennot dem Siebten, nicht mehr weit. Meine exzellenten Geschichtskenntnisse legten den Verdacht nahe, dass er hier sein Unwesen treiben könnte."

Sie waren an der Grube angekommen. Der Jüngere deutete mit dem Stab hinunter. Ein blauer Lichtblitz schlug unten in die Erde und eine Holztreppe wuchs nach oben. Die beiden alten Herren gingen sie hinunter. Unten hockte sich Professor Elowan hin und schob eine dünne Erdschicht beiseite. Eine große, lange Steinplatte kam zum Vorschein. Gelangweilt betrachtete der jüngere Mann die Inschrift.

„Irgendein Georg. Na und?" Er zuckte mit den Schultern.

Elowan zückte erneut seinen Stab, murmelte eine Formel und deutete auf die Erde. Neben der Steinplatte hob sich die Erdschicht und wanderte in eine Ecke der Grube. Eine zweite Steinplatte kam zum Vorschein, die mit merkwürdigen Zeichen bedeckt war.

„Was sind das für Zeichen, Theodor? Du bist doch auch ein Drachennot."

Die Augen des ehemaligen Schuldirektors

glänzten plötzlich vor Aufregung. Er hockte sich neben den Professor. Als er die Platte gesäubert hatte, wurde ein Schachbrettmuster erkennbar.

„Acht mal acht Felder, ein Schachbrettmuster. Zwei Sorten von Eibenzweigen, einmal von rechts nach links geneigt und das andere Mal von links nach rechts."

Er schwieg und betrachtete die Zeichen genauer.

„Jeder Zweig hat seine eigene Charakteristik. Das hier ist also ein uraltes Elfengrab, ein Fürst liegt hier begraben. Der Dom ist auf einer alten Elfenkirche errichtet worden."

Eloisius Elowan schaute skeptisch, während Drachennot ein Feld nach dem anderen intensiv erforschte.

„Was hat das zu bedeuten, Theodor?"

„Eiben sind das Symbol für Tod und Wiedergeburt, auch bei den Elfen. Diese Steinplatte ist ein Schloss für ein Elfengrab. Man kommt aber nur hinein, wenn man die sieben Öffnungsflächen in der richtigen Reihenfolge berührt. Und nur jemand mit Elfenblut in seinen Adern kann die Tasten zum Leuchten bringen und auch nur das Tageslicht lässt die Felder erlöschen und kann den Mechanismus für die Nacht wieder aktivieren."

„So etwas habe ich befürchtet", murmelte der Alte, „mit Elfenmythologie kenne ich mich überhaupt nicht aus."

Drachennot streifte mit seinen Fingern langsam über die Felder. Endlich fing eines an, rötlich zu schimmern.

„Das ist das erste Feld", sagte er gelassen. Willkürlich legte er seinen Finger auf ein anderes und das erste erlosch.

„Erst morgen Nacht bekommen wir einen zweiten Versuch. Wir haben keine Chance hier hineinzukommen, wenn wir die Reihenfolge nicht kennen, in der die Felder gedrückt werden müssen. Die kennt aber nur der Erbauer dieses Schlosses – und der ist tot."

„Schade, dass wir nicht genug Gefühl in unseren Zauberstäben haben, um diese Steinplatte zu öffnen", meinte Professor Elowan, als sie in der Dunkelheit nebeneinander auf dem Bürgersteig entlangschlenderten.

„Ja, wirklich schade", meinte nun auch Drachennot nachdenklich Mit einem Mal blieb er stehen und fasste sich mit einem Finger seiner rechten Hand an seine Unterlippe, bevor er fortfuhr:

„Es gibt vielleicht doch jemanden, der mehr Gefühl in seinen Händen hat als ich. Zumindest was Elfen-Rätsel angeht, hat er ein überragendes Gefühl in den Händen und er ist ein Bote des Lichts: Florian Sickner."

„Es gibt nur ein Problem", seufzte der Professor, „er hat im Moment keinen Zauberstab. Er braucht auf jeden Fall einen guten Zauberstab."

„Es wäre sehr hilfreich, wenn Florian dieses Steinschloss öffnen könnte. Wahrscheinlich gibt es dort einen unbekannten Weg nach Altdrachenstein, auf dem man unbemerkt in die Enklave kommen oder von dort verschwinden könnte."

„Das sehe ich genauso, Theodor. Allerdings weiß ich nicht, ob Florian überhaupt noch Interesse am Zaubern hat?"

„Man müsste ihn überreden, Eloisius", sagte Drachennot.

Dieser nickte lächelnd und erwiderte:

„Du bist mit Sicherheit die am besten geeignete Person, ihn zu überreden. Er hat genauso viel Elfenblut in seinen Adern wie du."

Elosius Elowan blickte nachdenklich vor sich hin, dann fuhr er fort:

„Es gibt in der Schule Altdrachenstein ebenfalls so eine Steintafel mit 64 Feldern. Ob sie auch ein solches Elfenschloss ist?"

Drachennot starrte den Alten an, dann sagte er:

„Ja, es ist mit Sicherheit ein geheimer

Eingang zu einem Elfenraum. Allerdings ist es kein Grabeingang, sondern er führt in eine Halle der Weisheit, denn es sind Eichenblätter und Löwenzahnblüten auf die Steintafel eingraviert. Ich habe den Eingang aber nie öffnen können."

9
Der neue Zauberstab

Die Klingel schnarrte. Dabei war es Viertel nach sieben. Florian saß vor dem Fernseher und wartete auf den Wetterbericht. Ob sie am Wochenende wohl gutes Wetter für ihr nächstes Fußballspiel hatten? Die Klingel schnarrte hartnäckig weiter. Welcher Trottel war das nur so spät am Abend, mitten in der Woche? Torben stand vor der Tür. Er deutete auf den Zauberstab in seiner Hand.

„Hast du heute Abend noch etwas Wichtiges vor?", fragte Torben.

Florian schüttelte den Kopf und erinnerte sich an die Zeit in Altdrachenstein. Dort war Torben sein bester Freund gewesen. Zusammen hatten sie in der Kriegerschule kämpfen und zaubern gelernt. Am Ende war er wieder zurückgekehrt aus dieser ganz anderen Welt. Zum Glück, dachte er. Bei dem Gedanken, was er dort alles erlebt und überlebt hatte, gruselte es ihn: Er war einer wütenden Drachendame mit zwei Jungen in ihrer Höhle begegnet und nachts von einer Riesenkrähe angegriffen worden. Und zuletzt hatte er auch noch eine Schlacht zwischen

Elfen und Magiern überlebt.

„Heute ist Vollmond. Wir könnten dir einen neuen Zauberstab besorgen. Oder hast du hier womöglich einen?"

Florian schaute zurück ins Zimmer, wo seine Mutter vor dem Fernseher döste. Er schnappte sich seine Jacke von der Garderobe und rief ihr ein „Bin mal kurz unterwegs." zu. Dann zog er die Tür hinter sich zu. Einen Zauberstab konnte er wirklich gut gebrauchen, trotzdem nörgelte er:

„Sag mir mal, wie ich mir hier in diesem Kaff denn einen neuen Zauberstab besorgen können soll?"

„Du könntest schon heute Nacht einen neuen bekommen, wenn Du willst", erwiderte Torben lächelnd. „Den Eichenstock besorgen wir an der Stelle, wo du den Stock gefunden hast, mit dem du nach Altdrachenstein gekommen bist. Den Weidenzweig bekommen wir unten am Domsee. Trodem hat gesagt, dass der See auch Widu-Mineral enthält. Zwar nur ein Viertel von dem, was im Burgsee von Altdrachenstein ist, aber das muss reichen."

Aufgeregt sah er Florian an. Der schaute zur Wohnzimmertür, hinter der seine Mutter schlief. Zur Sicherheit legte er ihr einen Zettel hin, dass er erst spät wiederkommen würde. Dann steckte er den Schlüssel ein und sie machten sich auf den Weg.

~~~

Seit fast einer halben Stunde kletterte Florian jetzt schon in der riesigen, alten Eiche herum, auf der Suche nach einem richtigen Eichenstockrohling für seinen neuen Zauberstab. Torben schickte ihm immer wieder neue rot leuchtende Kügelchen hinauf, die ihm bei der Suche ausreichend Licht spenden sollten.

Aber keiner der Äste, die Florian sich angesehen hatte, schien als Zauberstab zu taugen. Es war, als ob die Eiche schlafe und ihn gar nicht wahrnehme. Zwei große Äste wollte er noch untersuchen. Der erste erwies sich als Niete und der zweite sah auch unbrauchbar aus: fast alles totes Holz und fürchterlich verrottet. Die kleineren Äste, die überall von ihm abzweigten, waren starr und widerspenstig. Als er schließlich lustlos an so einem Zweig zerrte, brach dieser mit solcher Leichtigkeit ab, dass er die Balance verlor. Mit letzter Kraft konnte er sich gerade noch mit beiden Händen festhalten und hing nun mit hämmerndem Herzen an dem alten morschen Monstrum von Ast.

„Alles in Ordnung?", rief Torben von unten.

Nein, ich hab die Nase voll, dachte Florian. Doch dann rief er „Alles klar" hinunter.

Mit beiden Händen hielt er sich am Ast

über sich fest. Langsam hangelte er zurück zum Stamm. Es waren nur anderthalb Meter, doch er kam schwitzend dort an. Endlich fanden seine Füße wieder Halt, er war in Sicherheit. Nichts wie runter von diesem schrecklichen Baum, dachte er. Die Sache war für ihn beendet. Der Zauberstab musste dann eben bis zum nächsten Vollmond warten. Mühsam kletterte er den Stamm herunter, nun ständig auf seine Sicherheit bedacht.

„Hast du etwas Passendes gefunden?", fragte Torben neugierig.

„Nein, alles Mist. Der Baum rückt heute Nacht keine Äste raus. Vielleicht beim nächsten Vollmond."

„Und was ist das?"

Torben deutete auf Florians rechten Unterarm. Dieser griff mit der linken Hand an den rechten Ärmel. Dort lugte tatsächlich ein kleiner Ast heraus. Er hatte ihn gar nicht gespürt. Das musste der Ast sein, der abgebrochen war, als er das Gleichgewicht verloren hatte. Er fühlte sich wunderbar leicht an. Misstrauisch reichte Florian ihn an Torben.

„Er ist ziemlich morsch. Sei vorsichtig," sagte er.

Torben nahm den Zweig entgegen und betrachtete Ihn von allen Seiten. Dann probierte er, ihn zu brechen. Nach einigen

Versuchen meinte er begeistert:

„Hart und biegsam zugleich. Genau das richtige für einen Zauberstab. Den nehmen wir. Jetzt brauchen wir nur noch den passenden Weidenstab."

Trotzdem war Florian unzufrieden, denn er befürchtete, dass sie keine brauchbare Weidenrute am Domsee finden würden. Rundherum breitete sich dort überall Moor und Reet aus. Nur an einer Seite gab es einen Weg mit Bäumen, zwischen denen Unmengen von Weidenbüschen wucherten. Torben ließ sich jedoch nicht beirren.

„Echt toll. Die Weiden sind viel größer als in Altdrachenstein."

Woher nahm er nur seine Begeisterung?, überlegte Florian. Nach einer Weile endete der Weg in einem Holzweg, der von Pfützen überschwemmt war. Die rote Kugel, die den beiden Jungen den Weg beleuchtete, schwebte nun zu einem etwas entfernter gelegenen Busch.

„Da hinten der Busch ist ideal, schön groß und viele frische Knospen. Da finden wir bestimmt den richtigen Zweig", sagte Torben und holte sein Taschenmesser heraus. Florian graute allerdings vor dem Weg übers Holz.

„Hier ist auch ein schöner Weidenbusch, groß und hässlich – genau wie der da hinten. Schneiden wir doch einfach von dem hier einen Zweig ab."

„Aber hier neben der Weide mündet ein Rohr in den See. Wer weiß, was da alles für Verunreinigungen im Wasser sind. Denk daran, was Fanina uns gesagt hat: keine Verunreinigungen! Oder willst du etwa Frösche mit Wurmköpfen zaubern?"

„Natürlich nicht", sagte Florian. Fanina war bei den Schülern von Altdrachenstein eine Expertin im Anfertigen von Zauberstäben gewesen. Einmal hatte sie sogar Torbens Zauberstab mit einer einfachen Kur aus Fenchel und Löwenzahn repariert, nachdem er zuvor recht unzuverlässige Ergebnisse in puncto Zauberei hervorgebracht hatte.

Torben ging langsam voraus und Florian folgte ihm vorsichtig. Der Holzsteg war von einer großen Wasserlache bedeckt.

„Das wird bestimmt ein ganz toller Zauberstab, wenn wir erst den Weidenstock haben. Pass auf, hier ist es …"

Rutschig, wollte Torben sagen, doch er kam nicht mehr dazu. Florian lag im Wasser und schimpfte wütend vor sich hin:

„Toll! Das sind genau die Worte, die mir gefehlt haben, Torben. Echt toll!"

Mühsam stand er auf. Sein Freund hatte sich inzwischen vorsichtig und mit geistesabwesender Miene an ihr Ziel herangetastet. Enttäuscht schaute er auf die

Zweige.

„Na ja, vielleicht hast du recht. So toll sind sie auch nicht."

Wütend sagte Florian:

„Du schneidest jetzt irgendeinen Zweig ab! Ich will nicht die ganze Nacht in nassen Klamotten durch die Gegend tapern."

Verunsichert schaute ihn Torben an.

„Es ist dein Zauberstab. Wenn du darauf bestehst."

Eine halbe Stunde später waren die beiden wieder zurück bei der Eiche, wo die Zauberstab-Exkursion begonnen hatte.

Sie saßen auf einem Baumstamm vor dem großen Holzkreuz. Torben schnitt den Weidenstock auf die gleiche Länge wie den ausgehöhlten Eichenstab. Dann schnitt er die Rinde des Weidenstabs der Länge nach auf und führte ihn vorsichtig in den Eichenstock ein. Nur ein kleines Stückchen der Weide schaute noch vorn heraus.

Mittlerweile war der Mond aufgegangen. Florian war ähnlich aufgeregt wie Torben, als er nun den Stock in seiner Hand hielt.

„Diesmal halte ich meinen Zauberstab gegen deinen zukünftigen Zauberstab und du sprichst die Kröpfungsformel."

Torben zog einen weißen Handschuh hervor, den Florian überstreifte. Dann nahm er seinen Stab in die rechte Hand und sprach die

Formel:

„Wenn Eiche mit magischer Kraft
findet Weide mit funkelnder Macht,
schmiede das Holz in mondheller Nacht,
bis der Stab des Zaubers erwacht.
– Widus Gagatilon"

Eine Flamme sprühte aus der Spitze des Weidenzweigs und zischte langsam bis zum Ende des Eichenstockes. Unter dem Handschuh, mit dem Florian seinen Stab festhielt, dampfte es bläulich. Rauch stieg empor. Eine Träne fiel Florian auf den neuen, nun mattschwarzen Zauberstab.

Torben zog eine Wasserflasche hervor und goss etwas davon über den noch dampfenden Stab. Seine Farbe verwandelte sich in dunkelrot.

Der Moment der Wahrheit war gekommen: Florian zog den Handschuh aus und schwang den Stock durch die Luft. Auch dieses Mal sprühten ein paar Funken aus der Spitze. Dann fing der Stab an, bläulich zu schimmern, und Torbens Zauberstab antwortete mit einem ähnlichen Feuerwerk.

„Siehst du, sie unterhalten sich. Willst du deinen Zauberstab mal ausprobieren? Du könntest doch den überschwemmten Weg mit einer Holzbrücke versehen", sagte Torben begeistert.

Das ist keine schlechte Idee, dachte Florian.

Er deutete mit dem neuen Zauberstab auf einen Holzstapel, der ein wenig seitlich unter einer Weide lag. Die Spitze fing an, Funken zu sprühen. Dann sprach er:

„Widus Staiga gatimbjan - Jainar."

Die Hölzer kullerten vom Stapel und rollten zum Wasser. Einige stellten sich auf und schraubten sich in den Boden, andere legten sich quer darüber. Dann erschien ein silberner Biber und fing an, die Hölzer passend für die Brücke zurecht zu nagen. So entstanden exakte Querstreben, die sich wie von Geisterhand auf die Stützen senkten. Schließlich stand die fertige Brücke vor ihnen. Der Biber warf noch einen letzten Blick zum Zauberstab, der ihn gerufen hatte, dann verschwand er in einer Nebelwolke.

„Toll", sagte Torben mit bewunderndem Blick auf Florians Zauberstab und probierte das Bauwerk gleich aus. „Ich glaube nicht, dass mein Stab das so gut hinbekommen hätte. Deiner ist perfekt! Da sind keine Verunreinigungen drinnen, sonst hätte der Biber nicht so perfekt gearbeitet."

Dann deutete Torben mit seinem Stab auf den Morast neben der Brücke: *„Waida gahaipan."* Mehrmals sprach er diese Formel und eine Weide nach der anderen rankte neben der Brücke empor, die schließlich unter einem Arkadendach aus grünen Zweigen versteckt war.

Jetzt fehlen nur noch ein paar silberne Lichtbögen über den Weiden, dachte Florian, dann ist es perfekt. „*Liuhadei krim*", sagte er und ein silberner Lichtbogen spannte sich über die Bäume.

Noch einmal gingen sie über die nun silbergrüne Brücke. „*Ustaujan*", flüsterte Torben und der Lichtbogen verschwand in einer Nebelwolke.

10
Das geheime Treffen

Die rote Kugel schwebte in der Dunkelheit vor den beiden Männern her. Leise bewegten sie sich über den schmalen Pfad durch das Reet. Der Wind strich über das Meer der Halme und ein flüsterndes Rauschen drang in ihre Ohren, das sie beruhigte und gleichzeitig drohte, sie in der Düsternis einzuschläfern. Doch der feuchte Weg mit den im matten Mondlicht schimmernden Pfützen verwirrte die Augen. Dunkle Gespenster blickten ihnen vom Boden entgegen, wenn sie versuchten, ihren Weg durch die Nebelschwaden zu finden. Hin und wieder tönten unter ihnen die schmatzenden Geräusche ihrer Stiefel. Ein feiner Nieselregen sprühte auf ihre Kapuzen, und von den Zweigen der Büsche tropfte es unaufhörlich in den Sumpf, der sich auf beiden Seiten des Pfades erstreckte.

„Wir müssten gleich da sein", raunte Flammner, der vorausging. Drachennot, der Direktor der Schule Altdrachenstein, seufzte nur, statt eine Antwort zu geben. Er folgte dem Riesen, doch er war in Gedanken voller Sorgen versunken. Gleich würden sie die Insel erreichen. Es war ein Uhr nachts und der

Fährmann würde dort bis um halb zwei auf sie warten, um sie zur Enklave zu bringen.

Die Getreuen, die in der Enklave noch zu ihm hielten, hatten ihm mit einer Taube eine Nachricht geschickt. Drei Sterne waren in dem Kassiber gewesen. Es musste also eine wichtige Neuigkeit geben, deshalb hatte er sich persönlich auf den Weg gemacht. Noch hatte er keine Ahnung, was ihn erwartete.

Da ertönte plötzlich ganz nah der Schrei einer Eule. Die rote Kugel, die ihnen vorausschwebte, erlosch. Flammner war stehen geblieben und Drachennot schloss dicht zu ihm auf. Der Riese versuchte, mit den Augen die Dunkelheit zu durchdringen, doch nichts schien dort zu sein, von wo der Schrei hergekommen war. Flammner hockte sich hin.

„Da ist die Hütte", flüsterte er und deutete auf ein kleines Gebäude auf einer Anhöhe der Insel, kaum fünfzig Meter entfernt.

„Dann nichts wie hin", murmelte Drachennot.

„Ich habe ein schlechtes Gefühl", wandte Flammner leise ein.

Drachennot stöhnte und wollte schon lästern, doch der jüngere Mann kam ihm zuvor.

„Warten wir wenigstens, bis es wieder dunkel wird."

Wieder wollte Drachennot etwas

einwenden, denn seine Kleidung war klitschnass. Doch als er hinauf zum Himmel sah, erkannte er, dass Flammner recht hatte. Die silberne Mondscheibe löste sich gerade aus den Wolken und strahlte für kurze Zeit zu ihnen herab. Im gleichen Moment schrie wieder die Eule – drei Mal – ganz in der Nähe. Sie konnte kaum zwanzig Meter entfernt sein, doch kein Baum stand dort. Die beiden Männer hatten blitzschnell ihre Zauberstäbe in den Händen und ihre Augen erforschten fieberhaft die Dunkelheit. Für einen kurzen Moment war es ganz still. Nur das Plätschern der Regentropfen störte die Ruhe. Dann ergriff ein Windhauch wieder das Reet und brachte es zum Rauschen. Da ertönte der Schrei eines Falken und vier weitere antworteten ihm.

Sie hatten einen Halbkreis vor ihnen gebildet. Söldner! Der Weg über den Pfad zur Insel war versperrt. Die Nerven der beiden Männer waren bis zum Zerreißen gespannt. Sie wagten es nicht aufzustehen.

Ein Schatten kam geduckt durch den Sumpf auf sie zu. Als er nur noch ein paar Meter von ihnen entfernt war, schob er die Kapuze seines Mantels herunter. Drachennot erkannte die Brandnarbe in dem Gesicht des Mannes.

„Narin! Was machen Sie hier?", raunte er.

„Sie warnen! Auf der Insel des Fährmanns warten fünf Söldner von von Galgenberg auf

Sie. Einer auf dem Weg, zwei weitere auf beiden Seiten der Insel."

Ob jemand uns verraten hat?, dachte Drachennot. War die Botschaft seiner Getreuen womöglich eine Falle gewesen, die ihm von Galgenberg gestellt hatte?

„Können Sie uns hier herausbringen?"

„Ich kann es versuchen. Durch den Sumpf wird es für Sie aber schwierig, weil Sie groß und schwer sind."

Narin musterte den ehemaligen Kampflehrer. Ohne eine Antwort abzuwarten, machte er dann ein Zeichen, dass sie ihm folgen sollten und verschwand wieder im Sumpf. Der Weg führte jetzt über alte, umgefallene Bäume und Wurzelwerk. Auch die Wurzeln von Büschen und Sträuchern gaben einen festen Untergrund ab. Doch immer wieder mussten die Männer springen oder über dünne Baumstämme balancieren. Endlich erreichten sie einen Pfad, der nach einigen Metern am schmalen Uferstrand vom Schlosssee endete. Reet wuchs auf der einen Seite des Strandes, Büsche auf der anderen Seite.

Narin ahmte den Schrei einer Eule nach. Sofort bahnte sich ein kleines Boot einen Weg durch das Reet auf die drei Männer zu. Narin stieg als erster ein. Als Drachennot einen Fuß ins Boot setzte, knackten Zweige in den

Büschen.

Flammner hatte seinen Zauberstab sofort in der Hand und schoss einen Brandfluch in die Zweige. Ein Schrei ertönte, doch dann rasten nacheinander vier Flüche aus den Büschen heraus. Obwohl sich der Kampflehrer geistesgegenwärtig hinwarf, traf ihn einer am Kopf. Er blieb bewegungslos liegen. Drachennot wollte aussteigen, doch in dem Moment setzte der Fährmann das kleine Boot wieder in Bewegung und Narin schrie:

„Nein, es ist zu spät!"

Dann kam ein Schwall dichten Nebels aus seinem Zauberstab und verhüllte die Sicht zum Ufer.

Ein Fluch mit einer gebogenen Flugbahn hat Flammner getroffen, dachte Drachennot, und ich kann ihm nicht einmal helfen.

„Ja, eine gebogene Flugbahn", murmelte nun auch Narin, als ob er die Gedanken des Direktors gelesen hätte. „Er kam von einem Feuergeist, der zu von Galgenbergs Söldnern gehört."

Drachennot sah seinen Begleiter entsetzt an, doch der schwieg nun beharrlich, während der Fährmann sie weiter durch den dichten Nebel navigierte. Ab und zu sah er den Mond durch die Wolken schimmern. Dann korrigierte er den Kurs des Bootes ein wenig, wenn es ihm nötig erschien.

Drachennot hätte nie gedacht, dass jemand Flammner jemals im Kampf besiegen würde, und nun war er selber dabei gewesen. Hoffentlich war es nur ein Betäubungsfluch gewesen. Aber bei einem Feuergeist, dachte er niedergeschlagen. Es gab kaum eine Möglichkeit, mit solch einem schrecklichen Wesen fertig zu werden. Offenkundig fühlten sich auch die Elfen durch dieses Monstrum bedroht, sonst wäre Narin nicht aufgetaucht. Immerhin hatte er ihn und Flammner vor den Söldnern gewarnt, sonst wären sie wahrscheinlich beide in die Gewalt dieser Kreaturen gefallen.

Nach fast einer Stunde gelangten sie ans Ufer. Der Fährmann blieb in seinem Boot und verschwand nach einem kurzen Gruß wieder in den Nebelschwaden.

„Er hatte Streit mit den Söldnern und lebt jetzt allein im Nebelsumpf an der Grenze", sagte Narin, der sich offenbar gut in der Enklave auskannte, vielleicht, weil er enge Verbindungen zu einigen Magiern unterhielt. Doch jetzt gab es Wichtigeres: Wie konnten sie die Enklave von den Söldnern befreien?

Sie gingen an der Grotte vorbei, die unten am See lag und stiegen einen Pfad hinauf, der sich in Serpentinen durch den Nebel schlängelte. Narin bat Drachennot etwas zurückzubleiben.

„Wenn es anfängt, durch den Nebel golden zu schimmern, dann können Sie mir wieder folgen."

Mit diesen Worten verschwand der Elf. Kurz darauf durchzog vor ihm ein goldener Streif den Nebel. Langsam ging er auf das Licht zu. Eine Felswand tauchte auf, die Ausgangspunkt für einen Tunnel unter einer golden schimmernden Felsarkade war. Narin wartete schon im Gang und winkte ihm lächelnd zu. Ein rotes Licht schwebte vor ihm im Gang in der Luft. Immer tiefer gingen sie in den Berg hinein. Schließlich stiegen sie scheinbar endlose Treppenstufen hinauf. Hin und wieder machten sie eine Pause. Irgendwann öffnete sich eine riesige sechseckige Halle vor ihnen, in der Elfenkrieger an mehreren Tunnelzugängen Wache hielten. In der Mitte der Halle hockten ein Magier und eine Elfe vor einem golden schimmernden Drachen am Boden.

Drachennot stellte staunend fest, dass es sich bei dem Magier um Rittersmann, einen Bewohner der Enklave, handelte. Dann erkannte er Fanina, die vor einem halben Jahr Schülerin an seiner Schule gewesen war, da alle sie für eine Magierin gehalten hatten. Beim Anblick des Drachen kam ihm sofort der Gedanke, dass dies das Fabelwesen sein musste, über das schon seit Jahrhunderten

Gerüchte, nein, eher Sagen existierten. Es hieß, der goldene Drache wäre der Hüter der Kristallhöhle. Da diese Höhle jedoch nie gefunden worden war, hielten die meisten Magier die Gerüchte über den Drachen für ein Märchen. Doch dieses Wesen hier im Raum war echt und es hatte ihn, Drachennot, bei seinem Erscheinen sofort ins Auge gefasst und nicht wieder losgelassen.

Drachennot setzte sich neben Rittersmann, ohne ihn zu begrüßen. Dafür nickte er Fanina zu und stellte sich dann dem goldenen Drachen vor. Der Direktor verachtete Rittersmann seit dem Kampf zwischen von Galgenbergs Söldnern und den Magiern im letzten Jahr, denn bei diesem Kampf hatte sich Rittersmann mit seinen Leuten auf die Seite von von Galgenberg gestellt.

Nun stellte sich der Drache vor:

„Ich bin Filaton aus der Golddrachenfamilie. Meine Großmutter kann nicht kommen, da ein Fluch des Feuergeistes Deconde sie schwer verletzt hat. Er kämpft für von Galgenberg. Dessen Söldner haben außerdem einen weiteren Drachen verwundet."

Dann richtete sich Filaton zu ihrer vollen Größe auf, ihre Stimme wurde lauter.

„Darüber hinaus fordern wir die Herausgabe der drei vermissten Drachen."

Noch immer starrte der Drache eindringlich den Direktor an. Es war offensichtlich, dass er ihn für diese Ereignisse verantwortlich machte. Da räusperte sich Rittersmann.

„Von Galgenberg ließ etwa fünfzig Söhne und Töchter aus gutem Hause als Geiseln nehmen. Auf diese Weise machte er sich die einflussreichsten Familien unter uns Magiern gefügig. Einen meiner Söhne haben sie in eine der alten Elfenhöhlen gebracht."

Nun wandte der Drache zum ersten Mal den Blick von Drachennot ab und fixierte Rittersmann, der verstummte. Was mochten die Drachen vorhaben?, fragte er sich insgeheim. Sicherlich wollten sie ihre gefangenen Artgenossen frei bekommen. Rittersmanns Blick huschte zu Drachennot, doch der zog nur die Augenbrauen hoch und schaute Fanina fragend an.

„Das Wichtigste ist doch, dass wir zuerst den Feuergeist bezwingen und da gibt es nur zwei Möglichkeiten", sagte diese gelassen. „Entweder wir finden einen Rachegeist und überzeugen ihn davon, dass der Feuergeist der Verursacher seiner Rachegefühle ist. Oder wir finden die Höhle des Gleichgewichts, die zu dieser Enklave gehört, und öffnen dort den Mechanismus, der das *Wasser des Lebens* zum Fließen bringt. Das *Wasser des Lebens* wird die Enklave von diesem Monstrum befreien."

Drachennot überlegte weiter, wie er zum Sieg über von Galgenberg und den Rachegeist beitragen konnte. Da erinnerte er sich plötzlich an einen seiner Schüler – Florian.

„Ein Bote des Lichts kann jedes Schloss öffnen", dachte er laut mit auf den Boden gesenktem Blick. „Florian Sickner könnte also den Mechanismus in der Höhle des Gleichgewichts in Gang setzen", fuhr er fort und blickte wieder auf. „Aber dazu müsste er die Höhle des Gleichgewichts finden."

Der Drache sah Drachennot mit funkelndem Blick an und sagte:

„Ich könnte Florian zur Kristallhöhle bringen. Dort beginnt der Weg, der zur Höhle des Gleichgewichts führt."

Nach kurzem Nachdenken hatte Drachennot einen Einwand:

„Das größte Problem ist im Moment, den Jungen in die Enklave zu bringen. Von Galgenberg hat offenbar vorausgesehen, dass Florian für seine Pläne eine Gefahr ist, und einen Posten auf der Insel des Fährmanns eingerichtet, der verhindert, dass er auf diesem Weg in die Enklave gelangen kann."

„Das ist leider noch nicht alles", sagte Narin. „Von Galgenberg hat sogar schon am anderen Ende des Pfades durch den Nebelsumpf sechs seiner Männer postiert, sodass selbst wir Elfen nicht mehr ungehindert in und aus der Enklave gelangen können."

Das klang ziemlich beunruhigend für Drachennot. Wie sollte er nach Schleswig, der Stadt mit dem eindrucksvollen Dom, zurückkehren, um dort alles vorzubereiten? Irgendwie würde es schon gehen, wenn jemand mit so guten Augen wie Narin dabei war. Der Elf war so findig in diesen Dingen. Der Direktor blickte zu ihm hinüber und sah ihn lächeln. Dann schaute er zu Rittersmann. Er traute ihm nicht. Womöglich wusste von Galgenberg morgen schon, was hier besprochen worden war. Es war besser, darüber zu schweigen, was er genau tun würde. Auf jeden Fall musste er Florian überzeugen, dass er gebraucht wurde. Dass die Zukunft der Enklave von ihm abhing. Vielleicht war es aber auch ganz gut, dem Jungen nicht das gesamte Ausmaß der Gefahr zu erzählen, weil er dann auf die Idee kommen könnte, es sei das Beste, in seiner Welt zu bleiben.

„Ich kann nichts versprechen", sagte Drachennot. „Ich werde mit Florian reden und versuchen, ihm klar zu machen, dass nur er helfen kann. Aber ich kann ihn nicht zwingen."

Er sah, wie der Drache die Augen schloss und leise anfing zu summen. Offenbar benachrichtigte er die anderen Drachen.

Bald darauf brach Drachennot wieder auf. Er wollte sofort zurück, obwohl er hundemüde war. Als er sich von Fanina verabschiedete, gab sie ihm einen Brief an Florian mit.

Der Weg durch den Sumpf war mühsam. Über eine Stunde, nachdem er mit Narin aufgebrochen war, erreichten sie endlich den Anfang des Waldes, durch den der Weg in die Stadt führte. Es war in der Nacht kalt gewesen und die Wachen, die von Galgenberg dort postiert hatte, hatten sich ein Feuer angemacht, das am Morgen immer noch vor sich hinglimmte. Der Geruch des Rauches warnte die beiden Gefährten vor den Söldnern.

Narin blieb zurück und schaute zu, wie der Magier im Schutz der Nebelschwaden durch das Gras am Wegesrand robbte und so den Blicken der Wachen auswich. Manchmal musste er den Dunst verdichten, um darin verschwinden zu können.

~~~

Utalon spürte einen matten roten Schein durch das dichte Federkleid ihres gesunden Flügels, unter dem sie ihren Kopf versteckt hatte. Der andere Flügel, den der Fluch getroffen hatte, schmerzte sie immer noch. Aufgeregt und ängstlich zog sie rasch den Kopf hervor und blickte sich um.

Unter sich sah sie die Baumspitzen des Kiefernwaldes. Vor ihr öffnete sich im Wald eine breite Lichtung. Links und rechts davon standen noch höhere Eichen als die, auf der sie Zuflucht gefunden hatte. Ein Adler schrie und sein Schatten huschte über sie hinweg. Den Blick in die Ferne verbarg ein kleiner Ast, mit seinen Blättern verdeckte er ihr Sichtfeld. Sie versuchte einen Zauber zustande zu bringen, doch immer noch lähmten die Schmerzen ihre Magie. Sie hackte den dünnen Ast vor ihr mit ihrem Schnabel durch.

Der Blick in die Ferne offenbarte ihr die Burg, auf der sie verletzt worden war. Doch dann erschrak sie, denn ein riesiger Vogel saß nur ein paar Hundert Meter entfernt auf einem einsamen toten Baum. Es war eine Riesenkrähe, die sich in diesem Moment in die Luft erhob und auf sie zukam. Genau auf den Baum, auf dem sie saß.

Ob die Riesenkrähe sie wohl gesehen hatte? Utalon bekam Angst. Riesige Angst. Denn sie konnte deutlich die drei Köpfe des Monstrums sehen, das nur noch wenige   Meter entfernt war. Da stürzte ein Adler aus dem Licht der aufsteigenden Sonne auf einen der drei Köpfe nieder und streifte ihn. Ein Feuerfluch schoss hinter dem Adler her, verfehlte ihn aber. Doch jetzt folgte die Riesenkrähe dem mutigen Tier.

11
Die Geisterstunde

Am nächsten Abend holte Torben Florian zu Hause ab, denn Direktor Drachennot und Eloisius Elowan wollten ihnen eine Stunde in „besonderer Magie" geben. Treffpunkt war die Kneipe am Rathausmarkt „Zum verfluchten Runenstein".

Es gebe unglaubliche Neuigkeiten, wie Torben ihm auf dem Weg dorthin berichtete:

„Drachennot ist in der Nacht in der Enklave gewesen und hat dort die Elfen und sogar einen goldenen Drachen getroffen."

„Was!", rief Florian überrascht. Er dachte an seinen Drachen, mit dem er zu dem Ort geflogen war, an dem er später seinen Stock gepflanzt und an dem die Schlacht zwischen Elfen und von Galgenberg stattgefunden hatte. Hatte Drachennot vielleicht sogar seinen Drachen getroffen? Lebte sein Drachen also noch? Irgendwie machte ihn die Nachricht von Torben glücklich und ängstlich zugleich.

„Ja", fuhr Torben fort, „ich hab das alles nur zufällig mitbekommen, denn Drachennot hat sich heute Morgen mit Elowan in der Küche unterhalten. Er war gerade erst aus

Altdrachenstein zurückgekehrt. Flammner war wohl auch dabei, aber er ist den Söldnern in die Hände gefallen."

Florian und Torben saßen am späten Abend mit zwei Lehrern aus Altdrachenstein in der dunklen Nische einer Kneipe. Es war nicht irgendeine Kneipe in Schleswig, sondern eine Rarität. Das Gebäude war über vierhundert Jahre alt. Der Legende nach hatte eine geheime Bruderschaft damals die Geschicke der Stadt in ihren Händen gehalten und ihr geheimer Treffpunkt war angeblich dieses alte Gebäude gewesen, womöglich sogar diese Kneipe. Der Name „Zum verfluchten Runenstein" passte so richtig gut zu dieser Geschichte. Die beiden Lehrer hatten die Jungen zum Essen eingeladen. Jetzt ließen sich alle die köstlichen Baguettes schmecken.

Vor einer Stunde hatte Florian erfahren, dass Drachennots Lehrtätigkeit als Direktor ruhte, weil die Söldner von Lemort und von Galgenberg mittlerweile das Sagen in der Enklave hatten.

Dann erklärte Drachennot:

„Wir haben euch heute hierher eingeladen, um euch eine spezielle Unterrichtsstunde über Geister zu erteilen. Zunächst wollen wir allerdings sicherstellen, dass niemand unser Gespräch belauscht. Es geht um geheimes Wissen, das nicht in falsche Ohren gelangen darf, und zwar um" – er senkte seine Stimme zu einem Flüstern – „einen Rachegeist."

Der Direktor holte seinen Zauberstab hervor, und mit einem Schlenker huschte ein dicker Vorhang vor die Nische. Die Geräusche in der Kneipe klangen nun unnatürlich leise und gedämpft.

Florian staunte Drachennot mit offenem Mund an. Er dachte, er hätte sich verhört.

„Geister? Was denn für Geister?", murmelte er leise vor sich hin. „Wo gibt es denn heute noch Geister?"

„In dieser Stadt gibt es einen Geist und den wollen wir euch zeigen", erklärte der Direktor. Er blickte auf die Uhr. „Zehn Minuten noch, dann wird er aktiv. Und nichts ist glaubwürdiger als eine praktische Vorführung."

Die Jungen mussten versprechen, nichts von dem weiterzuerzählen, was sie an diesem Abend erleben würden. Danach erfuhren sie, dass die beiden Lehrer ihnen noch etwas anderes zeigen wollten: ein Elfenschloss, das den Zugang zu einer alten Elfengrabkammer bildete. Wenn es gelang das Schloss zu öffnen, dann war es sehr wahrscheinlich, dass es von dort einen verborgenen Tunnel bis zur Enklave Altdrachenstein gab. Abschließend klärten die beiden Lehrer Florian und Torben über die Eigenschaften von Geistern auf:

„Es gibt drei Gruppen von Geistern: die

ungefährlichen, kaum sichtbaren und harmlosen, die nur hin und wieder auftauchen und von Natur aus ängstlich sind. Dann gibt es die launischen Geister, die dazu neigen, andere Wesen zu erschrecken, wenn sie schlecht drauf sind. Sie nehmen aber keinen wirklichen Einfluss auf andere Wesen. Zur dritten Gruppe gehören die unberechenbaren und gefährlichen Geister. Sie können töten – und zu so einem Geist wollen wir heute Nacht. Er ist aber nicht wirklich gefährlich, denn er hat schon einen Herrn gefunden."

Professor Elowan mischte sich nun in das Gespräch ein:

„Vielleicht sollten wir noch erwähnen, dass es sich um einen Rachegeist handelt. Wenn er einen Nachkommen von Georg dem Fünften trifft, dann ist er nicht nur gefährlich, sondern absolut tödlich."

Florian staunte, da fragte Torben spontan:

„Gibt es denn noch andere gefährliche Geister?"

„Durchaus", antwortete Direktor Drachennot, „es hängt immer davon ab, was sie in ihrem irdischen Leben angetrieben hat und wodurch sie gestorben sind. Am schlimmsten sind alle Arten von Machtgeistern. Sie entstehen, wenn sie in ihrem Leben einen stark übertriebenen Machthunger und eine große Habgier besaßen."

Eloisius Elowan fühlte sich dazu berufen, noch etwas zu ergänzen.

„Vor allem gibt es fast nichts, was man gegen sie tun kann. Selbst die meisten anderen Geister werden mit ihnen nicht fertig."

Nun ist es aber genug! Soweit wird es nie kommen", sagte Drachennot lächelnd. „Es wird Zeit. Wir müssen los, damit wir den Geist noch in Aktion sehen. Und vor allem müssen wir verhindern, dass er sich auf den Weg zu seinem Herrn macht, denn ich habe versprochen, mich heute Abend um sein leibliches Wohl zu kümmern."

~~~

Fünf Minuten später standen die vier im Dom vor der Eisengittertür. Eloisius Elowan holte Totenkopfmasken unter seinem Mantel hervor und verteilte sie.

„Die Masken brauchen wir, damit der Geist uns nachher nicht erkennt und uns in Zeiten der Not nachts um Essen anbettelt. Das könnte unangenehm werden."

Nachdem alle ihre Masken aufgesetzt hatten, öffnete der Professor die Tür zur Seitenkapelle und ging zur Grube. In dem Moment schlug die Glocke halb elf und der Geist erschien.

Als das Biest die maskierten Personen am Rand der Grube sah, griff es zum Schwert und heulte durchdringend böse auf. Dann schlug der Geist wütend in Richtung der Beine der beiden Jungen, die wie erstarrt stehen geblieben waren. Nur das rasche Eingreifen von Drachennot und Elowan verhinderte, dass das Schwert die beiden traf. Die Jungen spürten noch den Windhauch, der ihre Gliedmaßen streifte.

„Geister mögen es gar nicht, wenn andere Geister ihnen ins Gehege kommen", erläuterte Elowan diesen Vorfall und nahm seine Maske ab.

Inzwischen hatte der Geist den Physiklehrer erkannt, denn er ließ das Schwert fallen und fing an, Elowan anzubetteln. Dieser holte sein Fläschchen mit der silbernen Flüssigkeit hervor, streute die bläulich schimmernden Locken einer toten Nebelkatze auf den Boden und beträufelte sie sorgfältig. Sofort fingen sie an, bestialisch zu stinken.

„Das ist sein Futter", sagte der Alte ironisch zu Florian. „Wirf die Haare dem Monster in die Grube, dann ist es dir wohlgesonnen."

Florian war kotzübel von dem Geruch, nur mit abgewandtem Blick brachte er es über sich, nach den bläulich schimmernden Locken zu greifen und sie schnell in die Grube hinunterzuwerfen.

„Praktischer Unterricht ist nicht immer schön. Ich weiß", beschwichtigte ihn Eloisius

Elowan. „Du bekommst dadurch allerdings einen mächtigen Freund, Florian."

Florian war nicht viel daran gelegen, dieses Monster zum Freund zu haben. Elowan dagegen schon, denn er zwang den Jungen sogar, dem Rachegeist eine zweite Mahlzeit zukommen zu lassen.

„Ich weiß, es ist kein schöner Anblick und riecht auch nicht gut. Andererseits hätte es unangenehme Folgen, wenn wir es nicht täten. Denn in dem Fall würde der Geist aus seiner Grube kommen und heulend durch die Keller und Dachstühle geistern.

Nachdem Eloisius Elowan alle seine Weisheiten über die Ess- und Lebensgewohnheiten von Geistern zum Besten gegeben hatte, standen Lehrer und Schüler nun am Rand der Grube und sahen dem Geist dabei zu, wie er sich wieder hinlegte und langsam unsichtbar wurde. Kurz darauf zog der Direktor seinen Zauberstab und ließ eine Holztreppe aus der Grube wachsen. Sie stiegen hinab. Unten erläuterte Professor Elowan den Jungen seine Vermutung, dass der Geist wahrscheinlich ein Nachfahre aus der Ahnenreihe der Drachennots sei. Dann ließ er mit einem Schlenker seines Zauberstabs die Sandschicht neben der großen Steinplatte verschwinden. Eine kleine rechteckige Platte mit vierundsechzig Eibenfeldern wurde sichtbar. Sofort musste Florian an die Steinplatte mit den Eichenfeldern in der Bibliothek von Burg Altdrachenstein denken.

„Diese Platte ist ein Schloss", erklärte der Professor. „Es hat den Zugang zu einem alten Elfengrab verschlossen, in dem vermutlich vor über tausend Jahren ein wichtiger Elfenfürst begraben wurde."

Elowan deutete mit seinem Zauberstab auf ein Feld: Es fing an, rot zu schimmern.

„Das erste Feld haben wir gefunden, doch welches ist das nächste?"

Er sah Florian fragend an, der zu Direktor Drachennot schaute. Dieser nickte ihm aufmunternd zu. Florian wollte mit den Fingern schon über die Felder streichen, dann erinnerte er sich an die Knospe, die aus dem Stock gewachsen war, als er das steinerne Schloss im Keller der Burg Altdrachenstein geöffnet hatte. Er holte seinen Zauberstab aus dem Umhang und strich damit langsam über die Felder, ohne sie zu berühren. Vorsichtig bewegte sich die Spitze von einem Feld zum nächsten.

Plötzlich hallte ein Rauschen durch seinen Kopf und ein Zauberspruch schoss durch seine Gedanken: *Uslukan Thurn Aurahi* – öffne das Grabtor! Florian schloss die Augen und eine Zahl formte sich vor seinem inneren Auge: sieben – sibunda. Dann kamen ihm weitere Zahlen in den Sinn. Er zählte die Felder von der einen zur anderen Seite, Zeile für Zeile. Schließlich fand er das passende Feld. Ein Elfengesicht erschien in seinen Gedanken und lächelte. Als er die Augen öffnete, sah er, dass das Feld rot geworden war. So wanderte Florian von Feld zu Feld, bis er das siebte suchte. Da wurde das Gesicht des Elfen in seinen Gedanken starr und abweisend. Florian fragte ihn scheu:

„Was willst du, Elf?"

„Ich, Galawan der Siebte gebe dir die Schlüssel zum Tod. Sie sind es, die du brauchst, um mich zu finden", sprach der König in seinen Gedanken zu ihm.

„Du hast es geschafft, die Träume der Steine meines Grabes zu träumen. Nun kannst du auch beginnen, die Träume deines Zauberstabes zu leben", sagte der Elf und verschwand.

Florian blickte in seinem Traum noch einmal auf seinen Zauberstab. Mit einem Mal erkannte er, dass es nicht seine Hand war, sondern eine alte Hand mit einem rot funkelnden Ring. Es war Drachennots Hand. Da quoll eine bedrohlich grün schimmernde Nebelwolke aus der Spitze und zog in seine Augen. In diesem Moment verlor er die Kontrolle über seine Gedanken. Erschrocken öffnete der Junge wieder die Augen und sah in die besorgten Gesichter der beiden Erwachsenen. Er fühlte Torbens Hand auf seiner Schulter. Schweiß stand auf seiner Stirn.

Hilflos sah Florian in Elowans Augen, aber dieser zuckte nur ratlos mit den Achseln. Der Professor schaute zu Direktor Drachennot, der sich nun seinerseits hinkniete und seinen Zauberstab über die Felder schweben ließ. Nichts geschah. Dann berührte er eines der Felder und alle roten Flächen erloschen plötzlich. Missmut und Wut waren in den Augen des Direktors zu erkennen. Eloisius Elowan kratzte sich am Hinterkopf.

„Gut, ich denke, wir sind ein ganzes Stück vorangekommen.", sagte er schließlich diplomatisch. „Und ihr habt auch einiges dazu gelernt, was euch im späteren Leben durchaus nützlich sein kann", wandte er sich an die beiden Schüler.

Aber was?, fragte sich Florian insgeheim. Er hatte nur wenige Felder dazu gebracht, rot zu schimmern. Na und? Da erkannte er, warum er den Kontakt zum Elfen verloren hatte und das Schloss verschlossen blieb. Nicht er, sondern Drachennot hatte versucht, das Elfenschloss zu öffnen. Er würde zurückkehren, alleine, und er wusste nun auch, wie er das Schloss öffnen konnte:

Er brauchte Idegran, ein Eibenblatt, das Symbol für Tod und Wiederauferstehung für die Elfen. Alle zweiunddreißig Felder mit Eibenblattornamenten würde er mit Idegran gleichzeitig berühren müssen. Dann, so hoffte der Junge, würde sich das Schloss öffnen. Doch woher bekam er Idegran, das Eibenblatt mit den magischen Fähigkeiten? Er behielt diese Gedanken jedoch für sich, weil er sich nicht sicher war.

~~~

An diesem Abend beratschlagten sich Professor Elowan und Direktor Drachennot.

„Vielleicht hast du dich getäuscht und das Steinfeld ist nur eine Attrappe. Alles nur dazu da, die Zeit und Hoffnung von Grabräubern zu erschöpfen", meinte Eloisius Elowan wenig zuversichtlich.

„Das Steinfeld ist ein Schloss", beharrte Drachennot. „Da bin ich mir ganz sicher. Es muss ein Königsgrab sein, weil diese Tafeln mit den vierundsechzig Feldern nur für die Burgen, Höhlen oder Grabkammern der Könige verwendet wurden. Und für Elfengräber wurden immer Steinornamente von Eiben genutzt."

Was mochten sich die Elfen vor über tausend Jahren bei der Errichtung eines solchen Grabes wohl gedacht haben?, überlegte Eloisius Elowan bei den Worten des Direktors. Er war kein Elf und erst recht keine tausend Jahre alt. Nachdenklich blickte er zu

Drachennot. Dieser grübelte vor sich hin, dann sah er auf und sagte:

„Wir kommen mit der Grabkammer nicht weiter, Eloisius. Ich habe gestern einen Brief aus der Acht-Türme-Zitadelle bekommen. Der alte Kwantentorf hat mir mitgeteilt, dass erst zwei der zwölf europäischen Magier-Enklaven zugesagt haben, sich an der Befreiungsaktion von Alt-Drachenstein zu beteiligen."

12
Der geheime Tunnel

Am nächsten Tag unterhielten sich Torben und Florian in der Mittagspause mit Hexine, der Nichte von Direktor Drachennot, über alte Elfengräber. Da dieses Mädchen nicht nur Ansprechpartnerin für jüngere Schüler in Altdrachenstein gewesen war, sondern auch Expertin für Elfenmythologie, erfuhren sie, dass Steinfelder mit Ornamenten vornehmlich als Zugangsschlösser für Grabkammern von Elfenkönigen verwendet wurden. Sie waren nicht nur künstlerische Höhepunkte der Elfenkultur: Kein von Magiern erdachtes Schloss war ihnen an Magie ebenbürtig. Nicht einmal Drachenschlösser reichten an sie heran. Der Grund lag ganz einfach darin, dass die Elfen alles taten, um die Schätze in ihren Grabkammern vor Dieben zu schützen. Es sei gefährlich, die Kammern zu betreten, und erst recht, Gegenstände von dort mitzunehmen, warnte Hexine sie.

Das Gespräch mit Hexine ließ Torben nicht mehr los. Die Aussicht auf einen geheimnisvollen Ort und faszinierende, fremdartige Schätze spornte ihn mehr an, als dass ihre Warnung ihn entmutigte. Er musste unbedingt mit Florian und Slavon noch einmal über die Grabkammer im Dom zu sprechen. Vielleicht ließen sich die beiden ja zu dem Abenteuer überreden und sie könnten gemeinsam versuchen, die geheimnisvolle Kammer zu öffnen.

„Jetzt ist der richtige Zeitpunkt, um das Elfengrab im Dom noch einmal gründlich zu untersuchen. Ich meine, wir können ja mal schauen, ob wir da wirklich einen Schatz finden", begann er enthusiastisch.

Florian schien nicht abgeneigt zu sein, denn er wollte herausfinden, ob der Verdacht von Drachennot stimmte, dass es einen geheimen Tunnel dort unten zur Enklave Altdrachenstein gab. Auch die unvollständige Vision von dem alten Elfenkönig machte ihm zu schaffen.

„Aber wer soll uns rausholen, wenn die Sache schiefgeht? Schwarmner hat keine Ahnung, er tröstet die Eingeschlossenen bloß mit frommen Sprüchen und Elowan versucht es mit seinen halbfertigen Erfindungen", wandte Slavon ein.

„Uns passiert schon nichts", sagte Torben jetzt. „Es geht nur darum, dass jemand da ist und Schwarmner eine schöne Lüge auftischt, falls ihm tatsächlich auffallen sollte, dass wir nicht in unseren Betten liegen. Außerdem habe ich mir einen Notfallplan ausgedacht."

„Und wie funktioniert der?", fragte Slavon skeptisch.

„Florian und ich nehmen jeder eines der Handys von Elowan mit und wenn was passiert, dann sagen wir dir Bescheid", meinte Torben. „Aber was soll schon passieren?"

Slavon schwieg.

„Gut, dann geht ihr beide heute Abend los und ich warte hier darauf, dass ihr zurückkommt", sagte er schließlich.

„Das ist genau die Arbeitsteilung, die mir gefällt", sagte Torben und strahlte ihn an. Auch Florian machte ein fröhliches Gesicht.

„Auf den Steinfeldern in der Geistergrube waren zwar nur Eibenblätter abgebildet, aber ich werde vorsichtshalber noch Eichenblätter, Löwenzahnblüten und Lindenblätter besorgen. Nur für den Fall, dass ich auf weitere Elfenschlösser treffe", sagte er grinsend.

~~~

An diesem Abend erfuhr Hexine zufällig von einer Freundin von Torben, dass dieser mit Florian etwas im Dom erledigen wolle. Sie stellte daraufhin Slavon zur Rede.

„Stimmt es, dass Florian und Torben heute in den Dom wollen, um das alte Elfengrab zu öffnen?", fragte Hexine im Hereinstürmen.

„Ja! Wäre doch toll, wenn sie da was Wertvolles finden, oder?"

Hexine hatte das Gefühl, als ob ihr schwindelig würde.

„Das ist nicht irgendein Elfengrab, das ist wahrscheinlich das Grab Galawans des Fünften, einem der mächtigsten Elfenkönige, den es je gegeben hat. Das Grab ist so etwas wie eine riesige und todsichere Falle für jeden Grabräuber. Wir müssen sie unbedingt an ihrem Vorhaben hindern."

Hexine machte sich sofort mit Slavon auf den Weg zum Dom. Noch während sie die dunklen Straßen entlang rannten, erfuhr sie von ihm, dass Florian und Torben Widu-Handys dabei hatten. Er, Slavon hatte auch eins. Die Dinger brauchten praktischerweise keine Basisstation, um damit zu telefonieren. „Geht auch ohne", murmelte er.

Torben und Florian hockten währenddessen vor dem Steinfeld. Florian hatte schon sechs Felder zum Leuchten gebracht. Wieder war ihm der Elfenkönig erschienen.

Mit geschlossenen Augen hockte er nun vor der Ornamentplatte. Seine Augenlider zuckten, als ob er einen tiefen Traum durchlebte. Manchmal bewegte er die Lippen und schien mit jemandem zu sprechen. Wieder hatte ihm Torben seine Hand auf die Schulter gelegt, um ihn zu beruhigen.

Florian sprach unbekannte Worte, elfische

Worte. Aus der Spitze seines Zauberstabes war ein Eibenblatt gewachsen und begann sich nun zu teilen. Aus zwei Blättern wurden vier, aus vier acht. Schließlich waren auf diese Weise zweiunddreißig Blätter entstanden, die sich auf die steinerne Ornamentplatte legten und diese im gleichen Moment rot schimmern ließen. Dann wurden sie grün, Knospen sprossen aus ihnen hervor, die rasend schnell emporwuchsen und die Steinplatte langsam anhoben. Darunter wucherte eine mächtige Wurzel aus einem eckigen Schacht. Langsam wurde die Ornamentplatte kleiner und kleiner, bis sie in dem Wurzelwerk völlig aufgegangen war. Dieses bekam gleichzeitig immer mehr grüne Triebe und schließlich stand ein riesiger Eibenbusch anstelle der Steinplatte. Er füllte die Höhle fast vollständig aus, seine Zweige berührten schon Florian und Torben, die sich in eine Ecke zurückgezogen hatten. Nun quoll grünlicher Nebel aus den Blättern hervor und wurde immer dichter. Ein Licht begann zu leuchten, wo die Wurzel ausgeschlagen hatte. Der Nebel lichtete sich. Mit einem großen Donner war der Eibenbusch plötzlich verschwunden und wo die Ornamentplatte gelegen hatte, wurde eine Öffnung im Boden sichtbar, aus der bläuliches Licht quoll.

Der Furcht der Jungen vor dem Busch folgte

die Neugier. Langsam gingen sie auf die Öffnung zu. Besonders Florian wurde von dem bläulichen Licht und dem Rauschen aus der Tiefe unwiderstehlich angezogen. Ohne ein Wort zu sagen, stieg er vorsichtig die Steinstiegen in den Schacht hinab. Er gelangte in eine kleine Kammer, aus der zwei Tunnel führten: ein gemauerter, schmaler Gang in ein fernes helles Licht und ein breiter in die Dunkelheit. Er wählte den Gang ins Licht. Torben folgte ihm.

Eine dünne, nebelartige Schicht am Eingang musste er durchdringen, bevor er den schmalen Tunnel betreten konnte. Bildmalereien zierten die Wände und in regelmäßigen Abständen waren goldene Steine in die Wand eingelassen. Als sie nach kurzer Zeit das Ende des Ganges erreicht hatten und um eine Ecke bogen, tat sich vor ihnen eine riesige Halle auf. Sie war wunderschön, voller Farben und Licht und voller Schätze. Eine Treppe führte in die Halle hinunter. Sieben Stufen. Nach drei Stufen sah Florian den Elfenkönig aus seiner Vision auf einem unsichtbaren Thron sitzen und ihn anlächeln. Torben dagegen konnte ihn offenbar nicht erkennen, denn er raste an ihm vorbei, die Treppe hinunter und griff mit beiden Händen nach den schimmernden Schätzen.

„Oh, Elf der Magier, ich hätte dir so viel erzählen können", flüsterte der Alte auf dem Thron. „Ich hätte dir sagen können, wer dein Vater ist, wie nah er dir ständig ist. Doch du hast zugelassen, dass dein Begleiter mein Grab schändet."

Das Lächeln des Elfenkönigs erstarb, seine Augen starrten ihn kalt an. Voller Furcht verharrte Florian an der Treppe. Er wollte etwas zu Torben sagen, doch er bekam kein Wort heraus. Langsam ging er zu ihm hinüber und zerrte an seinem Arm. Vergeblich.

Hexine hatte in der Zwischenzeit die Eingangstür des Doms mit ihrem Zauberstab geöffnet. Sie rannten zur Ausgrabung und ein Blick in die Grube zeigte ihnen, dass der Zugang zur Grabkammer offen war. Die Jungen hatten das Elfenschloss also tatsächlich öffnen können.

„Hallo? Torben, Florian, seid ihr dort unten?" rief Hexine hinunter in die Grube.

Als sie keine Antwort bekam, kletterte sie entschlossen die Steinstufen hinab, während Slavon oben stehen blieb. Unten schlug ihr ein merkwürdiger Geruch entgegen. Sie holte ein Tuch aus der Tasche und sah sich in der kleinen Vorhalle um. Ein Tunnel führte in die Dunkelheit, während ein weiterer waagerechter Schacht in ein helles Licht führte. Sie rief auch in diesen Schacht hinein.

„Torben! Seid ihr da drinnen?"

Das Echo hallte wider. Das ist ein Echo der Verwirrung, dachte sie. Alarmglocken schrillten in ihrem Kopf. Das Echo der Verwirrung wurde im Buch der Weisheiten des Lebens als letzte Warnung bei lebensbedrohlicher Gefahr beschrieben. Wie der Nebel, der eine Enklave wie Altdrachenstein umgab und verhinderte, dass Wesen ohne Widu-Mineral im Körper hindurch gelangten, so verhinderte dieser hier ein Durchdringen von Tönen nicht-magischer Wesen in die Grabkammer. Die Worte wurden zu einem Rauschen, wie auch das Echo der Töne. Hexine wusste, dass sie durch die dünne Nebelwand musste, damit die beiden Jungen sie hören konnten.

Sie rannte bis zum Ende des golden schimmernden Tunnels, wo eine Treppe hinunter in eine große Halle führte. Dort unten standen die beiden Jungen, geblendet von der Pracht und dem Reichtum, der sie umgab. Die Decke der Halle war bedeckt mit Unmengen von leuchtenden Kristallen. An den Wänden gab es Zeichnungen von Schlachtengetümmel, Elfen und Drachen kämpften miteinander. In den vier Ecken standen Spiegel mit Zauberstäben, Schwertern, Büchern und Zaubertränken. Jeweils eingerahmt von winzigen Bäumen,

Eichen, Linden, Buchen und Eiben, deren kleine Blätter im Rhythmus des Deckenlichtes grün, braun und durchsichtig schimmerten.

„Wir müssen raus!", schrie Hexine den Jungen zu, „am Ausgang erklingt schon die letzte Warnung. WIR MÜSSEN RAUS!"

Florian drehte sich um und starrte sie erstaunt an. Hexine rannte die Treppe hinunter und zerrte die beiden ungeduldig am Arm.

„Was soll das? Ist das nicht herrlich?", sagte Torben fasziniert.

Er wollte zur Mitte des Raumes gehen, denn dort stand eine riesige Truhe auf dem Boden, die Unmengen an Edelsteinen und Goldstücken enthielt. Doch Hexine stellte sich ihm in den Weg.

„Es ist nicht dein Gold. Willst du sterben? Dann nimm es!"

Nun breitete sich auch in Torbens Gesicht Furcht aus. Plötzlich begann der Boden zu vibrieren. Hexine raste zur Treppe und sprang sie hinauf. Als sie durch den Winkelgang rannte, dicht gefolgt von den Jungen, wurde der Tunnel schon enger. Beide Seitenwände schoben sich Millimeter um Millimeter zusammen. Die Nebelwand vor ihnen am Ende des Ganges wurde dichter und dichter. Sobald sie sich vollständig geschlossen hätte, wäre das ihr Ende. Sie rannten schneller und schneller. Das Rauschen wurde lauter.

Endlich erreichte Hexine die Vorhalle, in der der dunkle Tunnel begann. Dort würden sie in Sicherheit sein. Slavon erwartete sie bereits. Florian und Torben stolperten nun ebenfalls in die kleine Kammer hinter dem Eingang zum Elfengrab. Der Gang hinter ihnen war inzwischen auf kaum noch einen halben Meter zusammengeschrumpft. Erschöpft wollten die Jungen ausruhen. Doch Hexine blickte beunruhigt die schmale, steile Steinleiter hinauf, die in die Grube führte. Es war jetzt zehn Uhr, der Geist würde frühestens in einer halben Stunde aktiv werden. Sie sorgte sich vielmehr um die Treppe, die sich langsam auflöste. Es fehlten bereits zu viele Stufen, um nach oben zu gelangen.

„Wir müssen auch aus diesem Raum raus", schrie sie.

Der Boden unter den Jugendlichen vibrierte. Sie liefen in den zweiten Tunnel, hinein in die Dunkelheit. Kaum waren sie am Ende angelangt, schloss sich der Zugang hinter ihnen und es wurde vollständig dunkel.

„*Liuthjan*", flüsterte Hexine.

Eine rote Leuchtkugel quoll aus ihrem Zauberstab, in deren Schein sie sich umschauten. Ein feuchter, dunkler Gang lag vor ihnen.

Irgendwo in der Ferne waren einige Lichtpunkte zu erkennen.

„„Wie kommen wir bloß wieder zurück?", murmelte Slavon.

„Der Gang muss in die Enklave führen", überlegte Hexine.

„Elowan hat gesagt, dass es eine Verbindung von hier nach Altdrachenstein geben muss", bestätigte Torben ihre Vermutung. Doch er versuchte nur, sich und den anderen Mut zu machen.

Nach einer halben Stunde wurde der Gang breiter. Mit einem Mal befanden sie sich in einer riesigen Höhle, in deren Mitte ein dicker Pfeiler stand. Aus diesem wuchsen sechs Gewölbe heraus, die die Decke bildeten. Einige Kristalle funkelten über ihren Köpfen, sie spendeten ein wenig Licht. Doch am Boden herrschte weiterhin Dunkelheit. Sie wurde jedoch von Hunderten von winzigen glimmenden Punkten in den Wänden durchbrochen. Die Freunde hatten das Gefühl, als ob unzählige Augenpaare sie beobachten würden.

„Was ist das?", flüsterte Slavon.

„Das sind Hunderte von Grottenwichten", murmelte Hexine und ließ ihren Zauberstab in die rechte Hand gleiten, „aber nur kleine."

Plötzlich begannen einige der Wichte, einen tiefen, bedrohlichen Ton zu summen, der immer lauter und lauter und langsam auch immer höher wurde. Die Jungen legten sich nacheinander die Hände auf die Ohren. Nur Hexine flüsterte etwas und ihre kleine rote Kugel nahm an Größe zu, bis sie mit einem lauten Knall in Hunderte von kleinen Leuchtpunkten zersplitterte, die grell in allen möglichen Farben blitzten. Der schreckliche Ton der Grottenwichte verstummte plötzlich, ein wüstes Geschnatter setzte ein. Doch nun sammelten sich die grell leuchtenden Pünktchen in einer ständig sich schneller drehenden Spirale, die einen pfeifenden Ton erzeugte, der immer mehr an Intensität zunahm. Die heftige Drehbewegung setzte außerdem eine kleine Windhose frei, die nun durch die Höhle sauste. Eine entsetzte Flucht der kleinen Wesen folgte, kurz darauf waren alle Wichte verschwunden.

„Hat mir mein Onkel beigebracht. Hilft gegen fast alle kleinen Höhlentiere, wenn sie anfangen zu nerven."

Hexine kümmerte sich nicht weiter um die verdutzten Gesichter der Jungen, sondern ging einfach weiter. Eine neue rote Kugel kroch aus ihrem Zauberstab.

„Wieso hab ich bei ihr immer das Gefühl, dass sie uns ewig von oben herab behandelt?", maulte Torben.

13
Die Elfenhalle

Unerbittlich schritt Hexine der kleinen Gruppe voran. Sie folgte der roten Kugel, die sie mit ihrem Zauberstab vor sich her dirigierte. Dann kamen Torben und Slavon, den Schluss bildete Florian, der hin und wieder stehen blieb und auf die Geräusche hinter ihnen horchte. Merkwürdige Echos erklangen bisweilen aus der dicken Nebelschwade, die sie eben mühelos durchdrungen hatten. Seltsam, dachte er. Die Stimmung hatte ihren Tiefpunkt erreicht. Torben fing an zu nörgeln.

„Nie wieder Schatzsuche in einer alten Kirche, nie wieder Elfenrätsel entziffern. Das sag ich euch. Ich verspreche es! In Zukunft spiele ich nur noch Computerspiele mit Rittern an meinem sicheren Schreibtisch zu Hause", verkündete er genervt.

Slavon verdrehte zwar die Augen, doch er nickte zustimmend.

„Wir sind fast da", sagte Hexine und lächelte nun zuversichtlich. Sie war stehen geblieben und schaute die anderen an.

„Wo denn?", fragte Torben neugierig.

„In Altdrachenstein", antwortete das Mädchen mit ernstem Gesicht.

„Wie kommst du darauf, dass wir bald da sind, Hexi? Und woher willst du wissen, dass der Weg nach Altdrachenstein führt? Vielleicht ist er gleich zu Ende, und wir müssen wieder zurück", gab Slavon zu bedenken.

Hexine schaute ihm überlegen grinsend ins Gesicht.

„Es war ein langer und breiter Tunnel notwendig, um das ganze Gestein abtransportieren zu können. Durch einen kleinen Tunnel wäre das niemals möglich gewesen. Außerdem sind wir schon unter dem Burgsee. Das Wasser hier riecht genauso."

Nach einer Pause fügte sie hinzu: „Wir sind schon seit einer Viertelstunde in der Enklave. Ihr habt den Eingang anscheinend gar nicht bemerkt."

„Wirklich?", sagte Florian nun ebenfalls neugierig. „Ich rieche überhaupt nichts."

Er zog Luft durch die Nase ein und zuckte die Achseln.

Der Schall hat sich verändert", erklärte Hexine. „Die Geräusche kommen nicht als Echo, sondern als Rauschen zurück."

Sie rief ein paar Worte in den Gang und tatsächlich endete das Echo mit einem Rauschen, ohne dass sich ein Lüftchen geregt hatte.

„Lasst uns weitergehen", sagte sie dann und ließ die rote Kugel erneut vor sich herschweben. Widerspruchslos folgten die anderen vier Jugendlichen ihr. Nach kurzer Zeit gelangten sie an eine Felswand, vor der die rote Leuchtkugel in der Luft stehen blieb. Hexine betrachtete sie genauer, ohne allerdings die Miene zu verziehen.

„Wo geht es jetzt weiter?", fragte Slavon.

„Du hast uns in dieses verfluchte Labyrinth geführt und jetzt werden wir hier elendiglich verhungern", nörgelte Torben wütend.

Nochmal stundenlang durch die rote Dunkelheit zurück, dachte Florian. Das halt ich nicht mehr durch.

„Ich bin fertig", sagte Torben und fiel auf die Knie.

„Gibt es wirklich keinen Ausweg, Hexi?", fragte nun auch Florian erschüttert.

„Immer mit der Ruhe", meinte Hexine gelassen. „Die Elfen haben ihre großen Höhlen manchmal mit magischen Wänden getarnt."

Sie hob ihre Hand und tastete langsam über die Oberfläche des Gesteins vor ihnen. Plötzlich fing sie an zu lächeln und tauchte mit ihrer Hand einfach in das Gestein hinein.

„Es sieht aus wie Gestein, ist aber in Wirklichkeit Luft?", fragte Torben verblüfft.

Hexine nickte und ging durch die magische Wand hindurch. Die anderen folgten ihr. Auf der anderen Seite betraten sie eine riesige Halle, deren Kammern sich in einer Art Sechseck um einen breiten Pfeiler in der Mitte anordneten. Jede Kammer hatte ihr eigenes Gewölbe, in der Kristalle verschiedener Farbnuancen leuchteten. Nur eine dieser kleinen Nebenhallen war in Dunkelheit gehüllt. Eine Empore führte um die Halle herum, die sie über eine Treppe bestiegen.

„Sechs Hallen – das ist eine Elfenkammer", sagte Hexine, „sechs verschiedene Farbtöne – rot, grün, gelb, blau, lila und grau – das ist die Besonderheit dieser Kammer."

Sie schwieg, aber ihr Gesicht strahlte. Aufmerksam betrachtete sie die Hallen und Lichter. Eine weitere Treppe führte von der Empore herab, und Hexine schritt sie wie von einer unsichtbaren Macht angezogen hinunter. Dann wandelte sie einmal um den riesigen Pfeiler in der Mitte. Farbige Bilder von seltsamen Figuren und Tieren waren auf die Wände gemalt. Sie blieb vor einer großen Steinplatte mit Symbolen stehen und las ihren Begleitern die Inschrift vor:

„Dies ist die zweite heilige Kammer Galawans des Dritten, dem die Drachen den Eid des Gehorsams und der Treue leisteten. Dafür bekamen sie von ihm das Tal der Kargheit, wo sie in Frieden leben durften."

Sie las noch still einige Zeilen weiter, bevor

sie zur nächsten Halle ging. Schließlich blieb sie in der Halle des gelben Lichts vor einer größeren Steintafel stehen, auf der vierundsechzig Felder mit verschlungenen Blätterornamenten abgebildet waren.

„Diese Halle ist der Zugang zur Enklave. Es heißt hier: ‚Und Galawan erbaute eine Burg als Symbol des Friedens mit den Drachen, in der seine Weisheit für seine Nachkommen bewahrt bleiben sollte. Die Burg hatte vier Türme, von denen aus seine vier Söhne den Frieden für alle Zukunft schützen sollten.' Auf diesem Weg müssten wir also in die Burg gelangen."

Sie sah Florian fragend an und deutete auf die Steinfelder mit den Eichenblättern. Als er näher hinsah, bemerkte er, dass es außerdem genauso viele Darstellungen von Löwenzahnblüten gab – jeweils zweiunddreißig Felder. Florian dachte an den kleinen Raum mit der Steinplatte in der Schulbücherei der Burg Altdrachenstein, von dem aus Fanina und er damals in die Kammer mit den magischen Büchern gelangt waren.

Er zog seinen Zauberstab aus dem Umhang und strich damit über die Konturen. Doch nichts geschah, die Felder blieben dunkel. Deshalb griff er in die Tasche mit den Blättern und holte ein Eichenblatt hervor, führte die Spitze des Zauberstabes an die Bruchstelle des

Blattstengels und sprach den Kröpfungszauber: „*Widus Gagatilon*!"

Das Blatt legte sich sanft um die Spitze seines Zauberstabs und verwuchs mit ihm. Dann führte Florian erneut den Zauberstab über die Felder, bis eines zu leuchten anfing. Das steinerne Blatt begann grün zu schimmern und veränderte langsam seine Konturen. Gleichzeitig vibrierte nun die ganze Wand, in die die Steinplatte eingelassen war. Es bildeten sich gerade Risse zwischen einigen Steinen. Die Umrisse einer Tür wurden sichtbar, die sich knarrend öffnete. Dahinter erschien ein Gang.

Hexines rote Kugel glitt in die Dunkelheit des Ganges, an dessen Ende sich eine Treppe langsam nach oben wand. Florian schritt der roten Kugel hinterher, die Stufen hinauf. Er spürte, dass Hexine und die anderen ihm dichtauf folgten. Schließlich erreichte Florian einen offenen Durchgang, der in einen Raum mit Büchern führte. Als er sich umschaute, sah er, dass es der Lagerraum der Schulbücherei von Altdrachenstein war. Als alle den Raum betreten hatten, verschloss sich der Durchgang und wurde wieder zu einer konturlosen Wand.

Hexine strahlte übers ganze Gesicht, als sie den Raum erkannte, doch sie flüsterte:

„Vielleicht gibt es hier Söldner?"

„Wir haben keine Schwerter", raunte Torben.

„Der Fesselungsfluch heißt *Gafahana naudiband*."

Aus Slavons Zauberstab sprühten rote Funken. Nichts schien sich in der Burg zu rühren. Hexine horchte an der Tür zum Gang, vorsichtig öffnete sie sie. Auch dort war es ruhig. Ein Blick aus einem Fenster in den Hof zeigte, dass dort niemand Wache hielt.

„Die Luft ist sauber", raunte Hexine.

Als die Schüler den Burghof überquerten, knarrte plötzlich die Eingangstür zum Nordturm. Eine Gestalt mit einem blitzenden Schwert trat heraus ins Mondlicht. Den vier Jugendlichen fuhr der Schreck in die Glieder, weil sie keinerlei Deckung hatten und die Nacht so hell war. Die Gestalt kam elfengleich auf sie zu und rief:

„Hexine, bist du das?"

Florians Herz machte einen Freudensprung. Es war Fanina, die mit ihm, Torben und Slavon in derselben Klasse an der Magierschule Altdrachenstein gewesen war. Als sie die Freunde erreicht hatte, sah er ihr besorgtes Gesicht im Mondschein. Sie hatte Angst, doch beim Anblick der vertrauten Gesichter huschten ein Lächeln und Freude über ihr Gesicht.

Plötzlich schimmerte ein zaghafter roter

Lichtstreifen über die Burgdächer.

„Draußen lauern überall Söldner", berichtete Fanina. „Ich weiß nicht, wie viele, aber es sind mindestens vier."

Schnell erzählte sie den anderen von der großen Gefahr, die den Einwohnern der Enklave durch den Feuergeist Deconde drohte. Sie alle bräuchten dringend Florians Hilfe. Nur er sei in der Lage, die Höhle des Gleichgewichts zu finden und mit einem magischen Schlüssel die dort ruhende geheimnisvolle und mystische Kraft in Bewegung zu setzen, mit der einerseits der Geist ausgelöscht und andererseits die sterbende Drachendame Sülaton gerettet werden könnte. Doch dazu müsse Florian so schnell wie möglich zur Kristallhöhle. In diesem Moment hörten sie Lärm am Eingangstor.

„Das Tor ist verschlossen", brüllte jemand.

„Dann brecht es auf", antwortete eine tiefe, bedrohliche Stimme.

Schläge und Erschütterungen klangen durch die Nacht und Lichtblitze zuckten am Himmel empor.

14
Das Wiedersehen

„Ich habe das Tor verriegelt", rief Fanina den anderen zu.

„Aber es wird nicht lange halten. Was sollen wir tun?", flüsterte Hexine. Verzweiflung trat ihr in die Augen.

„Wir müssen zum Abfallschacht. Von da können wir einfacher fliehen", sagte Slavon und wandte sich schon zum Kücheneingang.

„Warte", mahnte Fanina. „Es sind bestimmt schon Söldner auf dem Weg dorthin. Selbst wenn einige von uns schneller sind als sie, sitzt der Rest in der Falle. Es gibt doch bestimmt noch das Seil im Dachgeschoss des Nordturmes für den Fall eines Brandes."

Flehend sah sie Slavon an. Der nickte.

„Wir müssen oben im Turm warten, bis sie das Tor aufgebrochen haben", fuhr sie fort. „Dann können wir aus einem der Fenster fliehen. Und einer muss den Eingang zum Treppenhaus gegen die Söldner verteidigen."

Fanina blickte wieder Slavon an.

„So machen wir es", stimmte ihr Hexine zu.

„Und Slavon und ich halten die Söldner an der Treppe auf. Mir werden sie nichts tun, weil ich Drachennots Nichte bin, und Slavon können sie als Geisel gebrauchen, weil er aus einer reichen Familie kommt."

Widerwillig nickte Slavon nach einer kurzen Pause.

„Wenn Florian der einzige ist, der uns vor von Galgenberg und seinen Söldnern retten kann, dann muss er heute Nacht entkommen", sagte er.

So geschah es: Slavon und Hexine blieben unten, während Florian, Torben und Fanina den Nordturm hinaufrannten. Ein Blick aus dem Fenster seines früheren Zimmers, das er sich damals mit Torben geteilt hatte, zeigte Florian, dass die Söldner das Tor schon fast aufgebrochen hatten. Torben kam kurz darauf mit dem Seil vom Dachboden herunter. Sechs Söldner zählte Florian am Tor. Ein weiterer stand etwas weiter unten an einer Serpentine des Weges. Die Jungen machten das Seil am Nordfenster fest, weil der Mann, der den Weg bewachte, diese Seite nicht einsehen konnte. Sie ließen es gerade herunter, als sie hörten, wie die Scharniere und Bohlen des Burgtores barsten. Während sich die drei oben langsam aus dem Nordturm abseilten, konnte sie Schreie und Schwertschläge im Treppenhaus hören. Als

Torben sich ans Seil hängte, kamen schwere Stiefeltritte die Treppe herauf. Die Söldner waren an Slavon und Hexine vorbei, der Kampf im Treppenhaus war zu Ende.

Hektisch, sich tief duckend krochen die beiden Jungen und das Mädchen den steilen Hang nach unten zum Weg. Als sie jedoch den Weg ins Tal hinunterrannten, brüllte eine tiefe Stimme hinter ihnen her. Florian, Fanina und Torben flüchteten in Richtung Wald. Plötzlich hörten sie ein Pfeifen in der Luft.

„Es ist eine Riesenkrähe", schrie Fanina. „Wir müssen uns teilen."

Sie verschwand nach links, während Torben und Florian nach rechts rannten. Als Florian einen Vorsprung vor Torben gewann und sich umblickte, sah er, wie sein Freund hinter einem großen Busch verschwand.

Er selber schlug einen Haken nach dem anderen, denn nun schlugen Brandflüche um ihn herum ein. Mit letzter Kraft erreichte er den Waldrand, erste Büsche gaben ihm Deckung. Er hatte sich völlig verausgabt und torkelte durch das Unterholz. Brechende Zweige peitschten in sein Gesicht. Der rasende Puls dröhnte in seinen Ohren und der Atem schien seine Lunge sprengen zu wollen. Als er einen Wildwechsel erreichte, blieb er stehen und orientierte sich. Er hörte zwei Söldner schreien. Sie hatten offenbar jemanden entdeckt und jagten ihn nun. Florian nahm sich mühsam zusammen. Er durfte jetzt nicht stehen bleiben und nachdenken, er musste weiter. Vorsichtig schlich er einen Pfad entlang, ängstlich bemüht, kein Geräusch zu machen. Hin und wieder blieb er stehen und horchte. Was wohl aus Fanina und Torben geworden war? Ob die Söldner sie erwischt hatten? Was werden sie mit ihnen machen?, fragte er sich.

~~~

Utalon war vor der Riesenkrähe mit den drei Köpfen geflohen, die von Galgenberg ihr hinterher geschickt hatte. In ihrer Angst hatte sie sich in eine Eule verwandelt. Dies war eine Eigenschaft, die vor allem junge goldene Drachen besaßen, denn so waren sie in der Lage, gefährlichen magischen Wesen zu entkommen. Doch natürlich fehlte ihr, die sie noch so jung war, die Kampferfahrung.

Zwei Tage waren die Schmerzen in ihrem Flügel so groß gewesen, dass sie keinen magischen Fluch zustande brachte. Ihr Körper brauchte alle Kraft, die Schmerzen zu lindern und den Flügel zu heilen. Doch an diesem Morgen wollte sie zur Burg und feststellen, was mit Nawalon geschehen war. Von ihrem hohen Baum aus sah sie, wie von der Burg erneut eine der Riesenkrähen aufstieg und in ihre Richtung flog. Sie war viel zu weit entfernt, um Utalon sehen, geschweige denn erkennen zu können.

Statt vor der Krähe zu fliehen, flog sie ihr dieses Mal entgegen. Utalon sah noch, wie drei Schatten im Wald verschwanden, verfolgt von drei anderen Schatten und der Krähe. Die Krähe hatte sich sogar ins Unterholz gestürzt und schien dort festzustecken. Sie krächzte wütend und gab einen Feuerfluch ab. Dann kamen drei Schatten aus dem Wald heraus und trieben einen vierten vor sich her. Utalon folgte ihnen in sicherem Abstand und beobachtete, wie sie zur Burg zurückkehrten. Doch dieses Mal flog sie nicht auf einen Giebel der Burg, sondern ließ sich auf einen Baum am Wegrand nieder in der Nähe des großen Gebäudes.

Nachdem sie sicher war, dass sie niemand belauerte, schwebte sie auf den Weg hinab und roch dort an den Spuren. Sofort erkannte sie Nawalons Geruch. Sie folgte dieser Spur, die zum Dorf Altdrachenstein führte. Doch plötzlich war da ein zweiter vertrauter Geruch, den sie kannte. Und dieser Geruch fesselte sie noch viel mehr als der von Nawalon. Er war ganz frisch und führte sie über das freie Feld. Es war Florians Geruch, ihr Bote des Lichts. Er musste einer von den Schatten gewesen sein, die die Söldner gejagt hatten. Sie flog in den Wald zurück und horchte auf Geräusche.

Schließlich hörte sie irgendwo in der Nähe das Geräusch eines brechenden Zweiges. Sie schwebte tiefer hinab. Auf einem toten Ast fand sie einen schönen Platz, von dem aus sie eine kleine Lichtung beobachten konnte. Irgendwo hier in der Nähe musste Florian sein, denn plötzlich war wieder dieser wunderbar vertraute Geruch da. Konnte das sein? Sie hatte sich nicht getäuscht. Da war wieder das Geräusch eines brechenden Astes, nur ein paar Meter entfernt. Allein die Erinnerung an Florian erzeugte nun eine so starke Kraft in ihr, dass sich ihr Eulenkörper langsam in die Gestalt eines Drachen zurückverwandelte. Als sie sich vom brechenden Ast herunterschwang, erkannte sie Florian sofort und stürzte auf ihn zu. Ein freudiger Jauchzer entfuhr ihr, sie landete dicht neben ihrem Boten des Lichts und streifte ihn sanft mit ihren mächtigen Flügeln. Am liebsten hätte sie sich aber auf ihn gestürzt und mit der Zunge abgeschleckt. Florian erkannte den Drachen sofort.

„Was tust du denn hier?", fragte er leise und erschrocken.

„Ich habe deinen Geruch wahrgenommen und bin dir gefolgt", summte Utalon glücklich.

Als sich Florians Blick entspannte und er sie nun ebenfalls glücklich anschaute, berichtete sie, warum sie zur Burg gekommen war. Und sie erzählte von den beunruhigenden Geräuschen im Berg Drachenzahn und vom Verschwinden Sülatons, ihrer Drachengroßmutter. Auch Nawalons und Waragons Kampf schilderte sie Florian und dass sie nicht wußte, was aus den beiden geworden war. Florian stutzte kurz, dann erzählte er ihr von Fanina, die einen todkranken Drachen zur Kristallhöhle gebracht hatte. Utalon ließ den Kopf hängen. Traurig erklärte sie, dass sie nun gar nicht mehr wisse, was sie tun sollte: Nawalon suchen oder zu Sülaton zurückkehren.

Sie beschloss, in Gedanken Kontakt zu Sülaton aufzunehmen. Es gelang und so erfuhr Utalon, dass es Sülaton zwar schlecht ging, aber dass sie bestimmt noch eine Weile durchhalten würde – nicht zuletzt, um das Drachenmädchen und seinen Boten des Lichts zu unterstützen. Das allerwichtigste sei, so schärfte Sülaton Utalon ein, dass Florian nichts geschehe und dass er so schnell wie möglich zur Kristallhöhle komme. Von dort müsse er sich auf den Weg zur Höhle des Gleichgewichts machen, um das magische *Wasser des Lebens* freizulassen, das alles überspülen würde. Dann würde es ihr, Sülaton, sicherlich bald wieder besser gehen, und von Galgenberg und seine Söldner könnte man dann auch gemeinsam mit den

Elfen und Magiern angreifen, wenn es gelang den Feuergeist Deconde zu vernichten.

„Wir müssen zur Kristallhöhle zurückkehren", sagte Utalon schließlich, als sie genug von Sülaton erfahren hatte.

Mittlerweile verbreitete die Sonne schon viel Licht im Osten über die Enklave und die ersten Strahlen hatten den Wald erreicht. Florian kletterte gerade in die Kuhle hinter dem Kopf von Utalon, da kroch ein Schatten in großer Höhe über den Himmel.

„Die Riesenkrähe", raunte Utalon Florian zu. Der schaute forschend nach oben und konnte zuerst nichts erkennen.

„Es sind sogar zwei", sagte Utalon nun erschrocken und verwandelte sich in die Eule zurück. „Solange die da sind, kann ich nicht aufsteigen."

„Wir könnten durch den Wald gehen", sagte Florian, „jedenfalls so lange sie da sind. Im Wald können sie uns nicht erkennen. Setz Dich auf meine Schulter."

Utalon flog auf Florians Schulter. Dann durchquerten die beiden den Wald und näherten sich dem Dorf Altdrachenstein. Doch vom Waldrand aus sahen sie einen Posten am Dorfrand stehen. Dort konnten sie also nicht entlang. Sie mussten das Dorf umgehen. Wenn sie allerdings auf der Straße zum Westdorf jemand erkannte, hatten sie womöglich bald

Söldner auf den Fersen. Immerhin gewährte ein von Büschen umrahmter Feldweg Schutz vor Blicken und bot die Möglichkeit, das Dorf Altdrachenstein zu umgehen. Sie beschlossen diesen Weg zu wählen, zumal sich an das Feld ein kleiner Wald anschloss, der ebenfalls Schutz bot. In der Ferne sahen sie über der Burg immer noch die beiden Riesenkrähen kreisen.

Als sie die Straße überquerten, bemerkte Utalon wieder den Geruch von Nawalon.

„Von Galgenbergs Söldner haben ihn auf dieser Straße weggebracht", sagte sie. Was haben sie bloß vor?"

Als sie im Wald östlich vom Dorf Altdrachenstein eine Rast machten, nahm Utalon wieder in Gedanken Kontakt zu Sülaton auf. Sie erfuhr, dass Laragon Naragon aus der Burg befreit hatte und sie ihn jetzt oben im Drachenhorst am Drachenzahn pflegte. Doch es ging auch ihm schlecht, er war oft nicht bei Bewusstsein und brauchte ständig Pflege. Sülaton berichtete ihr außerdem, dass Nawalon und Waragon noch am Leben seien und ihnen nichts geschehen würde, solange die Kristallhöhle in der Gewalt der Drachen blieb. Doch dann summte sie traurig:

„Sogar am Drachenzahn kreisen jetzt zwei Riesenkrähen. Filaton kann sie auf keinen Fall alleine angreifen, sie ist nicht gut im Kämpfen. Ich kann dich also auch nicht auf diesem Weg zur Kristallhöhle bringen. Sülaton meint, wir sollten es durch die Tunnel und Höhlen der Enklave versuchen."

Die Entscheidung, welchen Weg sie nehmen würden, fiel am Nachmittag. Florian und Utalon überquerten gerade einen Pfad, der nach Osten führte, als das Drachenmädchen wieder den Geruch von Nawalon wahrnahm und ihm folgen wollte.

„Wo haben sie ihn nur hingebracht", fragte sie immer wieder und schaute Florian mit besorgter Miene an. „Lass uns nachschauen, wo sie ihn verstecken. Vielleicht gelingt es uns ja, ihn zu befreien."

Doch es war kein Schuppen, zu dem der Geruch Nawalons sie hinführte, sondern eine Gruft, ein Mausoleum im Osten der Enklave. Doch bevor sie entschieden, was sie jetzt tun sollten, wollten sie sich etwas ausruhen. Schließlich fanden sie in der Nähe ein Gestrüpp, dass ihnen ausreichend Deckung bot. Die Abenddämmerung brach herein und Utalon verwandelte sich für die Nacht in den Drachen zurück. Als sie aneinander gekuschelt auf der Erde lagen, fragte Florian das Drachenmädchen, was sie über die unterirdischen Höhlen wüsste und ob es vielleicht einen Plan gebe.

„Ein bisschen kann ich dir darüber erzählen", sagte Utalon. „Das Höhlensystem beginnt beim Drachenzahn mit der Kristallhöhle. Von dort führen zwei Tunnel, die auf verschiedenen Ebenen liegen, zur Höhle der Hoffnung am Ende der Drachenzahnklamm. Und von da gibt es dann einen breiten Tunnel zur Gruft, der im weiteren Verlauf zur Burg Altdrachenzahn und später sogar nach außerhalb der Enklave zu einer alten elfischen Königsgrabkammer führt. Aber seit Jahrhunderten hat den niemand mehr benutzt. Natürlich gibt es noch einige Nebentunnel mit größeren und kleineren Höhlen, Lüftungsschächte und so was. Ich kann das Drachenbuch fragen, wenn du den Plan dazu sehen willst?"

„Das Drachenbuch?", fragte Florian neugierig.

„Ja, Sülaton hat mir eine Zauberformel beigebracht, mit der ich es in Gedanken anrufen kann."

Das Drachenmädchen versank in einem tiefen Schweigen und ihr linkes Auge begann silbern zu glänzen. Konzentriert horchte sie in sich hinein, während ihr Blick sich an einem magischen Horizont festhielt, der irgendwo fern in der Dunkelheit liegen mochte.

„Und was sagt das Buch?", holte Florians Frage sie wieder in die Gegenwart zurück.

Eine von Utalons Pranken strich über den Boden vor sich und vage Konturen bildeten sich, die im matten Mondlicht schimmerten. Dann hauchte sie ihren feurigen Atem darauf und die Konturen verwandelten sich in eine glänzende Fläche. Sieben kleine Kreise wurden im Mondlicht sichtbar, von denen die meisten durch Doppelstriche verbunden waren. Dazwischen bildete sich ein Netz von dickeren und dünneren Strichen. Utalon fing an zu erzählen.

Sie erzählte von sieben großen Höhlen, der Kristallhöhle, der Höhle der Hoffnung, der Kräuter- und Gifthöhle, der Labyrinthhöhle und anderen, kleineren Höhlen, die die zwölf alten Elfenclans angelegt hatten. Sie berichtete von Widu-Weizen, der unter der Erde im Licht von Sonnenkristallen wuchs, von einem Nebelsumpf tief unter der Erde und von einem magischen Entwässerungssystem. Und sie erzählte von einfachen und komplizierten Elfenschlössern.

Fasziniert den Ausführungen des Drachenmädchens lauschend versuchte Florian, sich die Höhlen vorzustellen. Utalon besaß so viel Wissen oder war es das Drachenbuch? Er fühlte sich klein daneben und doch wurde er sich einer Gabe bewusst, die er offensichtlich besaß. Er erzählte ihr von der Grabkammer des Elfenkönigs und wie er sie geöffnet hatte. Von der Vision und davon, wie er und seine Freunde nur mit Mühe aus der Kammer fliehen konnten. Wahrscheinlich, so Florians Meinung, hatte der alte Elfenkönig sie absichtlich entkommen lassen.

Utalon hatte ihren Kopf auf den Boden gesenkt und hörte Florian neugierig zu. Nur als Florian ihr kopfschüttelnd und ungläubig davon erzählte, dass der Alte behauptet hatte, er kenne seinen Vater, legte sie kurz ihren Kopf schief und summte:

„Sülaton hat mir auch den Namen deines Vaters verraten. Aber es ist besser, wenn du ihn selbst herausfinden würdest."

„Wer ist es?", drängte Florian sie.

„Ich weiß es nicht", sagte Utalon bedauernd mit zugeklappten Augenlidern.

Florian hätte das dicke Viech am liebsten getreten. Utalon gähnte müde.

„Morgen ist auch noch ein Tag, um dumm zu streiten, Florian. Tritt mich ruhig, es kitzelt so schön."

15
Die Kathedrale unter der Erde

Am nächsten Morgen wurde Florian mit einem sanften Stupser von einer Eulennase geweckt. Es war schon taghell.

„Und?", fragte Florian gespannt.

Utalon hatte sich in eine Eule verwandelt.

„Es sind keine Söldner in der Nähe, aber zwei Riesenkrähen drehen ihre Kreise über dem Wald. Wir können nicht zur Kristallhöhle fliegen", sagte sie.

Kurz darauf schlich Florian mit Utalon, die auf der Schulter saß, den Weg zur Gruft entlang. Frische Wagenspuren führten ihn direkt vor das mit Büschen und Bäumen versteckte Gebäude. Als sie die Rückseite des Mausoleums erreichten, sahen sie, dass der hintere, tiefer gelegene Teil des Gebäudes weggesprengt worden war. Anstelle der Rückwand hatte ein riesiger Krater den Boden aufgerissen, wie eine offene Wunde. Auch der vordere Teil des Mausoleums hatte von der Detonation breite Risse im Mauerwerk davongetragen. Dann raschelte es im Gebüsch und für den Bruchteil einer Sekunde sah Florian ein kleines Tier im

Dickicht verschwinden.

„Warum haben sie das gemacht? Warum haben sie das Gebäude weggesprengt?", fragte Florian.

Utalon antwortete nicht, sondern flog einmal um den Krater herum und forschte nach irgendwelchen Spuren. Schließlich schüttelte sie resigniert den Kopf:

„Ich habe Nawalons Spur verloren. Vielleicht ist die Grube ein geheimer Eingang. Ist dir hier irgendetwas Merkwürdiges aufgefallen, Florian?", fragte Utalon und schaute ihn durchdringend an.

„Nein", sagte er, „nur ein merkwürdiges Tier ist mir aufgefallen. Sah ein bisschen so aus wie ein Grottenwicht."

„Wo denn?", fragte Utalon. Florian zeigte auf einen Busch, das sie neugierig beschnupperte. Dann flog sie einen dahinter liegenden Wildwechsel entlang und gelangte zu einem Pfad, der frische Spuren von einer Schubkarre aufwies. Florian holte Utalon ein und gemeinsam kamen sie zu einem Dickicht, aus dem eine Ruine aufragte.

Sie entpuppte sich als eine winzige Hütte, in der eine kleine, schmale und steile Treppe in einen mannshohen Keller führte. Utalon flog auf Florians Schulter. Dann schlich der Junge mit dem Vogel die Treppe hinunter.

Als sich ihre Augen an die Dunkelheit

gewöhnt hatten, bemerkten sie eine weitere Öffnung im Boden. Florian zog seinen Zauberstab und sprach: *„Liuthjan."* Eine rote Lichtkugel löste sich aus der Spitze.

Die Öffnung barg eine Wendeltreppe, die immer tiefer hinabführte und schließlich in einer hohen Halle endete. Ein erschrockener Grottenwicht versuchte schnell, sich vor ihnen in Sicherheit zu bringen.

Sie durchquerten die Halle und gelangten in einen mehrere Meter breiten und genauso hohen Tunnel. Ein leichter Windhauch, doch sonst schien alles ruhig. Da die rote Lichtkugel die Dunkelheit nur wenige Meter durchdrang, war das Ende unsichtbar.

„Weißt du, wohin der Tunnel führt?", fragte Florian Utalon, doch die horchte in die Ferne.

„Zum Drachenzahn und zur Kristallhöhle", meinte sie. „Entweder liegt die Grufthöhle vor oder hinter uns. Im letzten Fall würden wir jetzt in Richtung Kräuterhöhle gehen. Auf jeden Fall rieche ich wieder Nawalon."

Nach nicht einmal einer Minute blieb Florian plötzlich stehen und stutzte.

„Riechst du das, Utalon?"

„Ja, es riecht nach Tod", summte die Eule nachdenklich auf seiner Schulter.

Dann war der Tunnel zu Ende. Eine schwarze Wand lag unmittelbar vor ihnen.

Florian dachte an die künstliche magische Wand, durch die Hexine einfach hindurchgegangen war. Vielleicht war das auch so eine Wand. Er streckte die Finger aus und berührte sie. Tatsächlich entpuppte sie sich als eine Täuschung für die Augen. Eine Spiegelung.

Florian machte vorsichtig einen Schritt in die Wand hinein und war mit einem Schlag verschwunden. Auf der anderen Seite der Wand öffnete sich vor ihnen eine riesige sechseckige Halle, viele Meter hoch und noch einmal doppelt so breit. In der Mitte stand ein großer sechseckiger Pfeiler, der jeweils eine Wand der sechs Teilkammern bildete. Wie eine riesige Bienenwabe, dachte Florian.

Die Halle glich jener unter der Burg. Auch hier umlief eine Galerie den Saal, von der sechs Treppen nach unten abzweigten. Riesige Kristalle an der Decke sorgten für verschiedene Farbnuancen des Lichts. Auch sie waren in Sechsecken angeordnet.

„Wer hat nur dieses Lichtspektakel inszeniert?", fragte Florian fasziniert.

„Die Elfen", summte Utalon leise zurück.

Sie schwang sich von Florians Schulter und flog eine Runde durch die Halle. Nach einer Minute war sie wieder da. Florian war immer noch von der Großartigkeit der Halle überwältigt und betrachtete voller Ehrfurcht den Pfeiler in der Mitte.

Auf der Rückseite der Halle fanden sie eine dunkle, fast zugemauerte Höhle, aus der beißender Geruch kam.

„Ein Raubtier, das sich hierher verkrochen hat", summte Utalon.

„Ein Raubtier bedeutet bestimmt Ärger", dachte Florian laut, „und davon haben wir im Moment schon genug."

„Da hast du recht", summte Utalon.

Sie kehrten auf die Galerie zurück und machten dort eine Pause.

„Was machen wir jetzt?", fragte Florian das Drachenmädchen.

„Wir müssen die drei Ausgänge erkunden", antwortete das Drachenmädchen. „Schließlich müssen wir wissen, wohin wir fliehen können, wenn wir in Gefahr geraten."

Der erste Tunnel, den sie untersuchten, erwies sich als Sackgasse. Nach ein paar Hundert Metern endete er neben einem Kamin, aus dem kalte Luft nach unten strömte. Er war viel zu steil, um ihn als Ausgang zu nutzen. Also kehrten sie wieder um und erkundeten den zweiten Tunnel, der sich ebenfalls als unbrauchbar erwies. Ein paar kleinere Gänge, die Florian nur im Kriechen hätte erkunden können, beachteten sie nicht weiter. Beim letzten Tunnel summte Utalon plötzlich aufgeregt.

„Ich rieche hier die Spur von Nawalon ganz deutlich."

Sie folgten diesem Gang und nach über einer Stunde gelangten sie an eine ähnliche Wand, wie sie sie vor der Elfen-Kathedrale vorgefunden hatten. Florian war hin- und hergerissen zwischen Neugier und Vorsicht. Unschlüssig stand er vor der magischen Wand und schaute zu Utalon.

„Ich bin in einer Minute wieder da", summte diese und schwang sich von der Schulter des Jungen. Nach wenigen Sekunden war sie wieder da.

„Diese Höhle ist fast identisch mit der bei der Gruft", erläuterte sie. „Die Lichtverhältnisse sind leider erheblich schlechter und der Pfeiler in der Mitte ist etwas demoliert. Keine Hinweise auf menschliche Wesen, nur ein paar steinerne Statuen. Allerdings gibt es fünf große Ausgänge und noch einmal fünf kleinere oben auf der Galerie. Außerdem habe ich einen Adlerschrei gehört, und Adler hausen nicht in Höhlen. Wenn du mich fragst, dann ist die Höhle eine Falle."

„Was tun wir?", fragte Florian unsicher.

„Wir müssen versuchen, sie zu umgehen. Besser, wir kehren um und suchen einen kleinen Nebentunnel", summte Utalon.

Etwas später hatte Utalon ihre

Drachengestalt wieder angenommen. Sie hatte das Drachenbuch zu Hilfe gerufen und einen Grundriss für die Kräuterhöhle bekommen. Nun saßen die beiden vor dem Höhlenplan der Enklave und überlegten, welchen Weg sie nehmen könnten, um die Kräuterhöhle zu umgehen. Florian deutete schließlich auf drei Striche, die zu dem ovalen Labyrinth zwischen der Kräuterhöhle und der Höhle der Hoffnung führten.

„Diesen Eingang hier müssten wir finden, er müsste ganz in der Nähe liegen."

Utalon ging mit ihrer Nasenspitze dicht an den Strich heran und schnüffelte.

„Höhlenkrautfarn", sagte sie schließlich, „ein uraltes Elfenschloss."

Sie hauchte über den Plan, der zu Staub verdampfte. Florian hustete. Konnten steinerne Pläne riechen oder stand da etwas im Stein, was er nicht gesehen hatte? Das Drachenmädchen schwieg, doch sie wusste, wohin sie gehen mussten.

Als sie wieder im Haupttunnel waren, nahm er erschrocken wahr, dass in der Ferne ein winziger roter Punkt leuchtete.

„Sie kommen", flüsterte Florian.

„Hab ich auch gesehen. Wir müssen nur schneller sein als sie", meinte Utalon.

Sie erschnupperte eine Stelle, an der ein seltsames vertrocknetes Kraut neben einem siebenzackigen Stern wuchs.

„Das ist Höhlenkrautfarn. Damit haben die Elfen in früheren Zeiten oft magische Türschlösser betätigt."

Sie summte ein Wort: „*Aiffapan*!" Nichts geschah. Sie versuchte es noch einmal, indem sie die Silben anders betonte. Doch wieder geschah nichts und das rote Licht in der Ferne kam immer näher. Schon konnten sie das Geklirr von Schwertern und Kettenhemden hören.

„Da vorne sind sie. Los, greift an!", brüllte eine tiefe Stimme.

Utalon wandte den Kopf zu den kaum fünfzig Meter entfernten Gestalten und spuckte mit lautem Gebrüll einen Feuerstrahl in Richtung ihrer Verfolger. Die Männer schrien auf und warfen sich gegen die Wand und auf den Boden. Dann stürzten sie davon. Inzwischen versuchte Utalon weiter vergeblich, das Schloss zu öffnen. Doch keines der ihr bekannten Elfenwörter schien zu wirken.

„Ein letztes Wort kenne ich noch", sagte sie schließlich. „*Us-luk-nan.*"

Auch mit diesem Zauberwort ließ sich das Schloss nicht öffnen. Da wurde es mit einem Mal taghell im Tunnel. Erschrocken wandte Utalon ihren Kopf zum Licht und stammelte ängstlich:

„Eine Lichtplasmakugel! Wenn die explodiert, dann sind wir beide blind. Wir müssen weg, Florian, sofort."

Aus dem Drachenmädchen wurde wieder eine Eule, die unruhig durch die Luft flatterte.

„Wir dürfen jetzt nicht aufgeben", schrie Florian.

Er richtete nun selbst seinen Zauberstab auf das Kraut und sprach das Wort mehrmals hintereinander mit verschiedenen Betonungen aus: *„US-lu-kan! Us-LU-kan! Us-lu-KAN!"* Plötzlich bekam das vertrocknete Kraut grüne Stengel und eine rot leuchtende Blüte, die an eine Mohnblume erinnerte.

Doch die Lichtplasmakugel kam immer näher, jetzt war sie nur noch wenige Meter entfernt. Da bebte die Wand und es bildete sich ein Spalt. Schnell flatterte Utalon in den Gang, der sich sich vor ihnen auftat. Florian zwängte sich ebenfalls hindurch. Hinter ihnen schloss sich lautlos das Gestein, kurz bevor die Lichtkugel sie erreicht hatte. Einen kurzen Moment lang schien es, als ob es ihr gelingen könnte, ebenfalls in den Nebentunnel zu gelangen.

„Augen zu!", brüllte Utalon. Die Kugel hatte schon fast den Spalt passiert, als die Gefährten ein Knirschen hörten, gefolgt von einem zischenden Laut und einem grellen Lichtblitz.

Florian warf sich zu Boden, in der Armbeuge die Eule, die sich schützend ihre Flügel über den Kopf gelegt hatte. Langsam richtete sich der Junge auf. Verkrampft hielt er seinen Zauberstab in der Hand.

„Liuthjan", sprach er langsam und sah erleichtert die rote Kugel aus der Spitze seines Zauberstabesaufsteigen. Dann berührte er sanft Utalon neben sich. Der Kopf der Eule hob sich.

„Das war knapp, aber ich kann immer noch sehen. Dass wir gerettet sind, verdanken wir dir, Florian", summte sie bewundernd, hüpfte auf seine Schulter und stupste ihn sanft mit ihrem Schnabel an.

„Ich kann die Elfensprüche einfach nicht so gut summen, wie du sie sprichst, Florian", stellte der Vogel entschuldigend fest.

Florians Herz raste immer noch. Doch langsam durchdrang ihn die Erleichterung und vermischte sich mit ein wenig Stolz.

Sie machten sich wieder auf den Weg und folgten dem größeren Gang, bis sie an eine Gabelung kamen. Nach einer kleinen Diskussion entschieden sie sich für den rechten Weg. Als sie an dessen Ende gelangten, fanden sie wieder das vertrocknete Kraut, das aus der Felswand wuchs.

„Höhlenkrautfarn", murmelte Florian. Kurz darauf öffnete sich ein schmaler Zugang zu einer nebeligen Höhle, in die man kaum hinein sehen konnte. Im dichten Grau tastete sich der Junge, die Eule auf der Schulter, an von mit Gestrüpp bewachsenen Steinpfeilern vorbei. Die Decke blieb hinter einer undurchsichtigen Dunstschicht verborgen. Dafür waberten dicke Nebelschwaden über die Pfützen, durch die er mit seinen nassen Stiefeln schritt.

„Sülaton hat mir auch von dieser Höhle erzählt: Die Elfen haben hier an vielen Stellen Sonnen- und Mondlichtkristalle eingepflanzt, die sie in der Kristallhöhle gefunden hatten. Diese Kristalle überwucherten die Labyrinthhöhle, sie schoben sich über die felsige Decke, bis sie sie fast überall bedeckten und die Höhle in mattes Licht tauchten."

„Und woher kommt der ganze Nebel?", fragte Florian.

„Das Sumpfkraut auf dem Boden erwärmt das Wasser, in dem es wächst, und die Luft, die langsam an den kalten Pfeilern heruntertropft, kondensiert unten zu diesen milchigen Schwaden."

Die Lichtkristalle an der Decke schimmerten nirgendwo durch, denn der undurchdringliche Dunst verschleierte sie. Hin und wieder sah der Junge aber Büschel von klein gewachsenem Weizen aus dem Dunst emporragen. Er traute seinen Augen nicht und strich deshalb mit der Hand durch die Ähren. Da merkte er, dass es dort wärmer wurde, wo der Weizen wuchs.

„Den Weizen haben die Elfen hier angepflanzt, als sie die Kristalle hierherbrachten", klärte Utalon den überraschten Florian auf.

Plötzlich quickte ein Tier. Ein winziges Schwein spie eine kleine Stichflamme in Florians Richtung, der sich erschrocken seinen Arm vors Gesicht hielt.

„Ein Höhlenwichtelschwein. Sie können ein bisschen Feuer spucken, aber sie sind völlig ungefährlich", summte Utalon.

Florian ging weiter, immer umflattert von der Eule. Mehr und mehr Licht strahlte auf sie herab. Ein Baum erhob sich sanft aus dem Dunst. Grüne Zweige reckten sich Florian entgegen. Tropfen rieselten von den Blättern, zerstoben auf den darunter liegenden oder platschten leise in unsichtbare Pfützen am Boden. Er berührte einen Zweig mit seinen Fingern. Ein feiner feuchter Strom floss über seine Hand und spielte mit seiner Haut. Als ob das Wasser ihn streichelte. Eine Nebelschwade waberte vom Stamm herab, umhüllte seinen Arm und schien neugierig nach seiner Schulter tasten zu wollen. Sanftes beruhigendes Rauschen klang aus der Blätterkrone über ihm. Florian tastete nun auch mit der anderen Hand in den Nebel hinein. Er spürte die Magie des Ortes.

Lächelnd schritt er noch weiter in den Nebel hinein. Er erblickte ein melancholisches Mädchengesicht, das ihn verträumt anschaute. Sein Körper gehorchte ihm nicht mehr, die Hände schienen gefesselt. Mit all seiner Willenskraft konnte er sie nicht mehr bewegen, sie waren wie betäubt, doch selbst das beunruhigte ihn nicht.

Da zerriss ein Fauchen das sanfte Plätschern. Eine Flamme raste in den Dunst, mit einem Knurren zogen sich die Äste und Zweige enger um den Jungen zusammen.

„Pass auf, Florian, der Baum will dich betäuben", zischte Utalon aufgeregt. „Du sollst einschlafen und dann wirst du mit Schlingpflanzen gefesselt. Bestimmt ein Geschenk von den Söldnern, der Geruch von ihnen klebt noch an den Blättern."

Erschrocken befreite sich Florian, wild um sich schlagend, aus dem Netz aus Zweigen und trat schnell ein paar Schritte zurück. Seine schläfrige Stimmung löste sich auf. Misstrauisch schaute er den Baum an.

Die beiden machten sich wieder auf den Weg, bis der Junge mit einem Mal stutzte.

„Woher wissen wir eigentlich, wohin wir gehen? Nachher bewegen wir uns womöglich im Kreis."

„Ich bin ein Drache, und ich weiß immer, welcher Weg zum Drachenzahn führt, Florian. Das ist auf jeden Fall der richtige Weg."

Unter der fachkundigen Führung von Utalon gingen sie langsam weiter. Plötzlich wackelte das Drachenmädchen unruhig mit dem Kopf hin und her.

„Ich rieche Gefahr. Irgendetwas stimmt nicht, Florian. Wir müssen fliehen", sagte es.

„Der Junge ist da vorn", schrie in diesem Moment eine Stimme aus dem Dunst vor ihnen. „Ich kann ihn ganz deutlich auf meinem Höhlenscanner sehen."

„Ja, wir haben ihn auch auf unserem Scanner. Schnappt ihn euch!", befahl eine andere Stimme, rechts von ihnen.

Florian hörte die Tritte schwerer Stiefel, die schnell näherkamen. Ein großer Mann tauchte aus dem Nebel auf und ein Fluch zischte an seinem Kopf vorbei. Das ist eine Falle, dachte er erschrocken und wandte sich um.

„Es ist zu spät", summte die Eule Utalon auf seiner Schulter.

Florian merkte, wie er seinen Zauberstab zwischen die Zähne nahm und langsam im feuchten Matsch unter sich versank. Bis zur Hüfte war er schon eingesunken, als ihm bewusst wurde, dass die Eule gleichzeitig riesengroß geworden war. In dem Moment neigte sich der Kopf des Vogels zu ihm nach unten und pickte zu. Er hing nun mit seinen ganzen Körper hilflos im Schnabel der Eule.

„Der Junge ist weg!", brüllte ein Mann.

„Das kann nicht sein!", schrie ein anderer.

Dann spürte Florian, wie sich der Vogel mit seinem Körper in die Luft erhob.

„Da war nur eine Eule mit einer Maus im Schnabel", gab der erste Mann zurück. „Mann, das waren bestimmt er und sein Helfer. Los hinterher!", antwortete der andere mit schneidender Stimme.

Kurz darauf spuckte ihn die Eule aus. Florian stellte fest, dass er auf dem Ast eines riesigen Baumes lag. Doch noch mehr nahm ihm der Anblick seines Körpers den Atem: Seine Füße und Hände hatten sich in Krallen verwandelt und statt Kleidung hatte er überall grau schimmerndes Fell. Eine Maus – er war eine Maus.

„Utalon, was soll das?", piepste er wütend, denn es konnte nur eine Erklärung für diese Verwandlung geben.

Neben ihm hockte die Eule und schaute ihn verlegen an.

„Tut mir wirklich leid, Florian, aber es ging nicht anders", verteidigte sich Utalon, „es ist nicht schön, eine Maus zu sein, noch dazu im Schnabel einer Eule. Das kann kann ich mir gut vorstellen. Entschuldige bitte."

Florian schluckte. Wenn sie ihn nun aus

Versehen heruntergeschluckt hätte, doch er war ihr auch dankbar, denn sie hatte ihn ja vor den Söldnern gerettet. Trotzdem war die Erleichterung groß, als er merkte, wie er langsam zu seiner normalen Größe heranwuchs und seine normale Gestalt annahm. Die Linde kam ihm jetzt sogar ziemlich mickrig und klein vor. Er tastete nach seinem Zauberstab und sprang dann vom Baum herunter. Dann setzten sie ihren Weg durch das Nebellabyrinth fort.

16
Unerwartete Begegnung

Kurze Zeit später erreichten Utalon und Florian endlich das Ende des Labyrinths. Sie suchten einen Nebentunnel, mit dem sie den Haupttunnel umgehen konnten, denn es war klar, dass die Söldner sie dort schnappen würden. Bald darauf hatten sie ein weiteres Höhlenkrautschloss passiert. Während Florian erleichtert aufatmete, als die Dunkelheit eines neuen mittelgroßen Ganges sie wieder umschloss, wurde Utalon plötzlich unruhig. Die Eule vibrierte auf seiner Schulter.

„Was ist denn bloß los?", fragte der Junge beunruhigt.

„Ich rieche ein wildes Tier, es ist unheimlich."

Konnte es sein, dass Utalon Angst hatte, Angst vor einem anderen Tier? Florian schaute sich um. Der Gang wurde hier breiter, doch seine rote Lichtkugel strahlte nur wenige Meter weit. Da flog die Eule von seiner Schulter herunter und verschwand hinter ihm in der Dunkelheit.

Mit einem Mal war der Junge allein. Er spürte, wie sein Herz schneller schlug. Was, wenn sie recht hatte? Ob sie ihn nun im Stich ließ? Sollte er nach ihr rufen? Er schaute sich etwas genauer um. Die Wände waren dunkelrot, wie Rost. Oder wie getrocknetes Blut, dachte er und bekam Angst. In einiger Entfernung vor ihm konnte er etwas Helles sehen. Er ging darauf zu und erkannte nach ein paar Metern, dass es ein Knochen war. Seine Schritte wurden noch langsamer, denn es wurden immer mehr Knochen. Ein Menschenskelett, dachte er. Doch als er ganz nahe herangekommen war, sah er, dass es nur Teile eines Skeletts waren. Nur ein Teil des Rumpfes. Der Kopf und die Beine fehlten.

Erst jetzt merkte Florian, dass der Gang hier ungewöhnlich breit war. Gut geeignet als Höhle für ein größeres Tier. Er bekam noch mehr Angst. Wo konnte er sich im Notfall bloß verstecken? Wo war eine Nische, die ihm etwas Schutz bot? Da entdeckte er nur ein paar Meter entfernt eine Einbuchtung in der Wand. Er löschte die Lichtkugel und tastete sich langsam an der Wand entlang. Dann drückte er sich in die Nische hinein, die kaum einen Meter tief war.

Im gleichen Augenblick hörte er ganz in der Nähe ein Zischen, das langsam lauter wurde. Eine Schlange, dachte der Junge erschrocken. Dann wurde das Zischen durch ein schrilles Fauchen abgelöst. Vor Schreck hörte er fast auf zu atmen. Utalon muss in der Nähe sein, fuhr es ihm dann durch den Kopf. Wenn jemand ihm helfen konnte, dann sie. Nun sah er, wie zwei feuerrote Augen, seltsam starr und stechend, durch den Gang direkt auf ihn zuschlichen. Er rührte sich nicht mehr. Doch dann hörte er wieder das Fauchen von Utalon, die ihre Drachengestalt angenommen hatte, und sah, wie ihre saphirgrünen Augen von der anderen Seite des Tunnels näher kamen. Er war gefangen in der Mitte zwischen den beiden Ungetümen und versuchte, sich so tief wie möglich in die winzige Ausbuchtung der Felswand zu drücken.

Utalon brüllte und spie Feuer. Im Widerschein konnte Florian endlich das Wesen sehen, das sie bedrohte. Es war eine Art riesiges Krokodil mit einem ungeheuren Maul, das sich geschickt unter dem Feuerstrahl von Utalon wegduckte. Dann sprang das Tier seinerseits mit ungeahnter Schnelligkeit vorwärts und hätte es fast geschafft, den Drachen in den Hals zu beißen. Gerade noch rechtzeitig konnte Utalon ihren Hals mit einer ihrer Pranken schützen. Doch dem echsenartigen Ungeheuer war es gelungen, Utalon auf die Seite zu kippen. Verzweifelt kratzte das Drachenmädchen mit der freien Kralle am Rückenpanzer des Angreifers herum. Beide knurrten sich wild entschlossen an. Dann rollten die ineinander verkeilten Körper auf Florian zu.

Dieser hatte seinen Zauberstab gezückt und hielt ihn nun verkrampft in seinen Händen. Der Kopf des Krokodils war kaum zwei Meter entfernt. Da löste sich die Erstarrung des Jungen. Kurz zielte er mit dem Stab, dann schoss der Fluch – *„Gatandjan*!" – auf das Ungeheuer zu.

Eines der feuerroten Augen des Monsters explodierte und verdampfte. Ein Jaulen folgte, es ließ vom Hals des Drachen ab und verschwand durch die nur wenige Meter entfernte Felswand, die sich auf magische Weise öffnete und wieder schloss.

„Liuthjan", rief Florian eine neue rote Lichtkugel herbei.

„Das war knapp", schnaubte Utalon.

Sie leckte ihre blutende Pranke mehrmals ab. Dann richtete sie sich auf und schien kurz zu meditieren. Der Blutstrom aus ihren Wunden nahm dabei stetig ab. Als ob jemand einen Hahn zudrehen würde, dachte Florian erleichtert und bewundernd. Offensichtlich konnte Utalon sich selbst heilen. Zuletzt spuckte sie noch einen mächtigen Feuerstrahl gegen die magische Wand. Erneut ertönte ein kurzes Aufheulen, allerdings weit entfernt.

„Das war eine Grottenechse. Die ist ziemlich gefährlich, wenn man nicht aufpasst.

Aber es ist ja alles gut gegangen oder hast du was abbekommen?", fragte Utalon.

Florian schüttelte den Kopf.

„Danke, dass du mir geholfen hast, Florian. Die Grottenechse hatte eine meiner Pranken eingeklemmt und ich brauchte all meine Kraft, um zu verhindern, dass das Monster sie abbiss."

Dem Jungen pochte immer noch das Herz bis zum Hals, wenn er an den Kampf zurückdachte. Etwas zögerlich ging er den Tunnel weiter entlang und beobachtete besonders aufmerksam die Tunnelwände und den Boden vor sich. Doch als Utalon hinter ihm anfing, fröhlich zu summen, wurde auch Florian wieder zuversichtlicher. Irgendwann hatte er den Eindruck, dass die Höhle der Hoffnung schon ziemlich nah sein musste.

Kurz darauf gelangten sie an einen Schuttberg, der den Eindruck vermittelte, als sei hier der Tunnel eingestürzt. Utalon holte zwischen zwei Steinen einen Krautstengel hervor und hielt ihn Florian hin.

„Höhlenkrautfarn", meinte der Junge. „Hier hat jemand ein Elfenschloss zerstört."

„Genau", summte Utalon, „und als er gemerkt hat, dass weiter hinten eine Grottenechse haust, hat er das Interesse an diesem Gang verloren."

Florian kletterte auf den Schutthaufen und

räumte ein paar kleinere Steine beiseite. Nach ein paar Minuten konnte er auf die andere Seite sehen und erkannte, dass der Gang dort weiter ging.

Bald darauf hatten sie das Hindernis überwunden und schlichen immer weiter in den dunklen Gang vor ihnen hinein. Nach einer Weile wurde das Drachenmädchen unruhig.

„Was hast du ?", fragte Florian.

„Ich rieche Elfen", murmelte Utalon.

Dann sahen die beiden einen roten Lichtschein in der Ferne und Florian machte seine Lichtkugel aus.

„Siehst du was, Utalon?"

Der Lichtschein wurde heller und heller und kam langsam näher. Die Eule verwandelte sich vorsichtshalber in einen Drachen zurück. Da hörte Florian Stimmen, die er kannte.

„Ich kann die Gefahr förmlich riechen, Fanina", sagte Narin gerade.

„Es riecht hier nach Drachen", meinte jetzt Fanina, „wie in der großen Höhle, in der ich war."

„Fanina, bist du das?", rief Florian aus der Dunkelheit.

Das rote Licht seiner Kugel ging an und mit leuchtenden Augen strahlte Florian die beiden Elfen an. Narin hatte die Augen entsetzt aufgerissen, denn Utalon war hinter dem

Jungen aufgetaucht. Sie machte ein paar schnelle Schritte auf Fanina und Narin zu und beschnupperte sie.

„Die beiden gefallen mir nicht: Das Mädchen riecht nach Sülaton und der Elf mag keine Drachen", murrte Utalon unwillig.

Florian stellte sich vor Narin und versuchte, seinen Arm mit dem Zauberstab herunterzudrücken, der auf das Drachenmädchen zielte.

„Utalon ist in Ordnung, ich bin ihr Bote des Lichts."

Nun erzählte Florian von seinen bisherigen Abenteuern, seitdem sie sich aus den Augen verloren hatten: wie er Utalon gefunden hatte; von seinem Auftrag, das *Wasser des Lebens* in Gang zu setzen, und den Riesenkrähen, die verhindert hatten, dass er mit Utalon zur Kristallhöhle fliegen konnte; von den Spuren, die Nawalon bei seiner Verschleppung durch von Galgenbergs Söldner hinterlassen und die Utalon gewittert hatte; und schließlich von ihrem Weg durch das Höhlensystem der Enklave. Leider hatten sie jedoch bisher weder Nawalon gefunden noch die Kristallhöhle erreicht.

Dann berichtete Fanina ihrerseits, wie sie den Söldnern entkommen war. In der Nähe vom Westdorf hatte sie Narin an einem zuvor vereinbarten Treffpunkt getroffen. Die beiden hatten beschlossen, auf eigene Faust in den Tunneln der Enklave nach den Freunden, aber vor allem nach Florian zu suchen, um alle – wenn nötig – zu befreien und zur Kristallhöhle zu bringen. Denn die Elfin hatte gefürchtet, dass Florian nach ihrer Trennung bei der Burg in die Hände der Söldner gefallen war. Besorgt hatte sie die Krähen beobachtet, die überall kreisten und nach ihm suchten, sogar am Drachenzahn. Als erstes hatten Narin und sie aber feststellen wollen, in welcher Höhle Hexine und Slavon und vielleicht auch Torben und Florian gefangen gehalten wurden und mit ihnen Kontakt aufnehmen.

Nun mischte sich Utalon in das Gespräch ein und wollte wissen, in welcher Höhle die Söldner ihre Gefangenen eingesperrt hatten. Narin kratzte sich am Kinn und holte eine Karte hervor, die ein kompliziertes Höhlen- und Tunnelsystem um die Höhle der Hoffnung zeigte.

„Hier", sagte er und deutete auf ein Rechteck. „Das ist die Höhle der Hoffnung, die erste große Höhle, die unsere Vorfahren zur Zeit der Herrschaft der Drachen gebaut haben, vor fast zweitausend Jahren. Es gab damals zwölf Clans, die alle ihre eigenen Höhlen bauten, rund um die Höhle der Hoffnung und mit einem Zugang zu dieser wichtigen Stätte. Dann bauten die Elfen einen

Ringtunnel um die zwölf Clanhöhlen herum und kleine Verbindungsgänge zwischen den Höhlen der einzelnen Familien. Auf diesem Ringtunnel befinden wir uns jetzt."

Er deutete auf einen Kreis, der sich um das Rechteck zog und ein riesiges Spinnennetz von Strichen einhüllte. Was für ein kompliziertes Tunnelsystem, dachte Florian. Auch Utalon betrachtete den Plan interessiert.

„Der größte Clan war der der Sulawanas. Sie bauten die größte Höhle, die ein idealer Kerker wäre. Der alte Zugang zum Ringtunnel ist versperrt, man kann ihn nur über die Höhle der Hoffnung betreten. Und ein Elfenschloss gibt es dort auch nicht. Unsere Vorfahren wollten dieses Geheimnis gut bewahren, denn, wenn die Magier die Elfenhöhlen erobert hätten, lag es nahe, die Elfen in dieser Höhle gefangen zu halten. Wir beide, Fanina und ich, sind durch diesen Lüftungsschacht in den Ringtunnel eingestiegen."

Narin deutete auf einen Kringel direkt neben dem Kreis, der für den Ringtunnel stand.

„Das hier ist die Höhle der Sulawans. Der Kringel symbolisiert einen Lüftungsschacht. Ich bin dafür, dass wir an dieser Stelle mal horchen", sagte Narin und deutete auf den kurzen Verbindungsgang vom Ringtunnel zur Höhle der Sulawans.

17
Die Befreiung

Nach kurzer Zeit erreichten sie eine Art Kreuzung auf dem Ringtunnel. Auf der Außenseite führte ein enger, niedriger Gang nach wenigen Metern steil nach oben. Das war der Lüftungstunnel, den Fanina und Narin heruntergekommen waren. Auf der Innenseite des Ringtunnels endete eine Sackgasse vor einer Wand. Sie blieben stehen und spähten in den Weg hinein. In die Wand war ein Holunderblatt in den Stein gemeißelt.

„Holunder ist das Symbol des Sulawan-Clans", meinte Narin.

Er deutete auf die Mauer am Ende der Sackgasse.

„Dort sind die Zeichen der Sulawans auch. Hinter der Wand muss ihre ehemaligen Wohnhöhle liegen."

Als sie näher kamen, erkannten sie, dass die Mauer aus riesigen Steinquadern bestand.

„Da kommen wir niemals durch", meinte Florian resigniert.

„Du musst dir das Steinwerk richtig anschauen", sagte der Elf lächelnd.

Doch auch nach genauer Untersuchung

zuckte Florian nur mit den Schultern.

„Dort ist ein schmaler Spalt zwischen dem Quader und dem Fels", summte Utalon.

Narin nickte lächelnd. Er griff auf einen der riesigen Felsblöcke, die den Weg versperrten, und strich mit seinen Fingern darüber. Schließlich übergab er Florian einen fußgroßen Stein. Nach einer Stunde hatten die beiden den fast einen Meter breiten und hohen Quader zerlegt und herausgenommen aus der Wand. Die großen Felsblöcke waren aus kleinen Stücken zusammengesetzt.

Narin hockte oben in der Felswand und reichte die Brocken an Florian weiter, der sie Fanina übergab, die sie auf Utalons Drachenschwanz legte. Der Drache stapelte sie fein säuberlich an der Tunnelwand auf. Schließlich kletterte Narin, nachdem sie einen weiteren Steinquader weggeräumt hatten, schweißüberströmt herunter.

„Ich glaube, es sind Stimmen hinter den Steinen zu hören."

Florian kroch neben ihn und horchte kurze Zeit. Er presste das Ohr gegen den Fels und fing irgendwann an zu lächeln. Dann wandte er sich den anderen zu und sagte:

„Jemand hat gefragt, ob er noch etwas zu essen bekommen kann."

„Wir müssen langsam und so leise wie möglich arbeiten", sagte Narin.

Stein für Stein trugen sie ab, bis sie oben unter der Decke einen fast drei Meter langen Durchgang freigelegt hatten. Nur eine schmale Wand von einigen Zentimetern Dicke mussten sie noch abbauen. Da gab es ein entferntes Grollen, das die ganze Wand vibrieren ließ. Zum Glück fiel kein Stück heraus.

„Das klang wie eine Explosion", flüsterte Narin, „was die Sache kompliziert. Wenn wir Pech haben, dann stürzt das letzte Stückchen Mauer nach unten und wir haben die ganze Bande von Söldnern am Hals. Ich habe die Steine zwar mit einem Klammerfluch gesichert, aber das hilft nur gegen schwache Erschütterungen."

„Wir müssen mit unseren Freunden Kontakt aufnehmen und herausfinden, was dort vor sich geht", erklärte Florian. „Ich klettere mal hinein und werfe einen Blick in die Höhle."

Florian kroch in den Schacht zurück. Es war nur ein faustgroßes Loch, durch das er in die Höhle schauen konnte. Plötzlich hockte Utalon in Gestalt einer Eule neben ihm.

Die Höhle war knapp zehn Meter hoch und mochte gut zwanzig Meter Durchmesser haben. Von der Decke leuchteten einige Kristalle und tauchten den Raum in ein rötlich-gelbes Licht. Gut ein Dutzend Gestalten, sogar zwei kleine Kinder darunter, hockten dort auf dem Boden in Gruppen zusammen und blickten hin und wieder zu den Schatten, die die Wachen auf der anderen Seite des Raumes warfen. Erst jetzt bemerkte Florian, dass einer von ihnen einen Zauberstab in der Hand und der andere einen Bogen hielt. Neben den beiden stand ein Gerät, das einer Armbrust ähnelte und auf dem ein Riesenzauberstab montiert war. Es zielte auf den größeren der beiden Drachen. Diese lagen in der Nähe des Eingangs bewegungslos am Boden. Ein Licht flackerte in dem Gang hinter ihnen. Eine Fackel, dachte Florian. Die Wachen haben das Licht im Rücken.

Plötzlich blieben seine Augen an einer riesigen Gestalt hängen. Er glaubte, Flammner, den Kampflehrer aus Altdrachenstein, erkennen zu können, in dessen Nähe er auch undeutlich Torben und Hexine wahrnahm Doch wo war Slavon?

Florian überlegte, die Öffnung für Utalon zu vergrößern. Vorsichtig nahm er weitere Steine heraus, bis die Eule sich schließlich hindurchzwängen konnte.

„Utalon, siehst du den Mann mit den roten Haaren? Dem schreibe ich, was wir vorhaben. Wenn er die Wachen ablenkt, verbrennst du den Riesenzauberstab auf dem Holzgerüst und dann betäubst du die Söldner."

Die Eule nickte aufgeregt und ungeduldig.

Florian holte einen Zettel aus der Tasche und berührte ihn sacht mit dem Zauberstab, sodass Buchstaben darauf flossen, die sich zu Worten zusammenfügten:

„Wir helfen Euch. Mein Drache Utalon wird in Gestalt einer Eule die Wachen angreifen. Bitte lenken Sie deshalb die Söldner ab."

Dann murmelte der Junge etwas und der Zettel erhob sich in die Luft und schwebte durch die Öffnung, Stück für Stück auf Flammner und die beiden Kindern zu. Kurz vor dem Ziel verlor Florian die Kontrolle und musste zusehen, wie der Zettel neben dem Lehrer in der Dunkelheit verschwand. Glücklicherweise fand Hexine den Zettel und machte den Flammner auf ihn aufmerksam. Er las das Schriftstück konzentriert und schaute sich dann um. Nun entdeckte er das Loch mit Florians Kopf.

Florian gab Utalon ein Zeichen. Sie schwebte zu seinem ehemaligen Kampflehrer, umkreiste ihn einmal und flog weiter zu den beiden Drachen. Flammner redete eindringlich mit einem der Kinder. Das Kleine stand schließlich auf und ging langsam zu einer verborgenen Nische. Als es sich umdrehte, hob Flammner energisch den Zeigefinger. Unwillig befolgte das Kleine, was ihm aufgetragen worden war. Kurz darauf trat eine Gestalt aus der Nische heraus und schlenderte zu dem Lehrer. Es war Slavon.

Florian bemerkte, dass sich Utalon in einen Drachen verwandelt hatte. Sie löste die Panzermaske, die Nawalon auf dem Kopf hatte. Der große Drache hob für einen Moment den Kopf, doch dann sackte er wieder auf den Boden zurück. Utalons Körper fing golden zu schimmern an. Nicht!, schrie Florian in Gedanken. Utalon reagierte sofort auf seine Warnung, denn das Schimmern hörte augenblicklich auf.

Slavon und Torben hatten sich neben den Lehrer hingehockt. Nachdem Flammner ihnen Anweisungen gegeben hatte, schlenderten sie zu den beiden Wachen. Slavon sprach den Schwertträger an. Plötzlich griff er sich an die Brust und taumelte, dann fiel er zu Boden. Während sich der Schwertkämpfer neugierig über ihn beugte, legte der Bogenschütze einen Pfeil auf die Sehne seines Bogens. Das merkwürdige Verhalten Slavons hatte ihn offensichtlich misstrauisch gemacht.

Mit einem Mal zuckte ein Feuerblitz hinter Nawalon durch die Luft und traf den Bogenschützen, der sofort lautlos zusammenbrach. Doch der andere Magier reagierte schnell. Er betäubte Slavon mit Flüchen aus seinem Zauberstab. Dann drehte er sich zu der Lafette um und zielte, während Nawalon verzweifelt versuchte, die Maske ganz abzuschütteln. Mit dem Lockern der Panzermaske erlangte Nawalon wieder die Hoheit über seine Gedanken und die Kraft strömte zurück in seinen Körper.

Während Flammner mit atemberaubender Geschwindigkeit auf den Schwertkämpfer zuraste, traf ein Lichtstrahl aus der Dunkelheit den Riesenzauberstab. Die Lafette kippte um und der Riesenzauberstab zeigte nun nutzlos gegen die Wand. Das Drachenmädchen hatte gut gezielt.

Inzwischen war es Nawalon endlich gelungen, die Panzermaske abzustreifen. Da schwirrte ein Fluch des Schwertkämpfers auf ihn zu, den er im letzten Moment abwehren konnte. Der Gegenfluch schleuderte den Söldner in die Luft und gegen die Höhlenwand. Nawalon hatte eine kleine Verletzung an der Stirn abbekommen, doch er lächelte nur. Die Panzerung schützte ihn gut.

Da zog eine Nebelwolke an der Höhlendecke auf, aus der sich ein langes Seil herabwand, das sich um die Arme und Beine des Schwertkämpfers legte und ihn langsam hochzog. Hilflos hing er schließlich unter der Höhlendecke, eingeschnürt wie in ein Spinnennetz. Dem Bogenschützen erging es ebenso. Nawalon summte wütend: „Viel Spaß beim Runterkommen."

Ein Aufatmen der Erleichterung ging durch

die Höhle. Flammner hatte dem Schwertkämpfer seine beiden Zauberstäbe abgenommen und Hexine hielt triumphierend den Stab des Bogenschützen in der Hand. Torben kümmerte sich währenddessen um Slavon, und Florian bemühte sich, so schnell wie möglich die Steine aus der Öffnung zu räumen, damit die Gefangenen die Höhle verlassen konnten.

Schließlich hatten alle die Höhle verlassen. Während Utalon, Florian, Torben und Slavon den freigelegten Durchgang wieder verschlossen, kletterten die befreiten Magier den Lüftungsschacht hinauf. Nur Hexine hielt in dem Gang, in dem die Grottenechse aufgetaucht war, Wache. Währenddessen berieten sich Herr Flammner, Narin und Nawalon.

„Florian und Utalon sind vor den Riesenkrähen, die von Galgenberg geschickt hat, in das Tunnelsystem geflüchtet", erklärte Narin, „und dort wurden sie von den Söldnern gejagt und sogar mit einer Lichtplasmakugel angegriffen."

Nawalon schlug vor, an die Oberfläche zurückzukehren, denn gemeinsam mit Waragon könne er auch mit zwei der schrecklichen Riesenkrähen fertig werden. Doch dann erfuhr er von Deconde, einem Feuergeist, der auf der Seite von Galgenbergs kämpfte und der auch schon Sülaton schwer verletzt hatte. Nun war auch Nawalon niedergeschlagen und wusste keinen Rat mehr. Er sagte:

„Wir müssen Sülatons Rat befolgen: Florian muss so schnell wie möglich zur Kristallhöhle. Dort ist der Schlüssel zur Höhle des Gleichgewichts verborgen, die das Geheimnis zur Vernichtung des Feuergeistes und zur Vertreibung von Galgenbergs und seiner Söldner aus der Enklave enthält."

Doch in diesem Moment brachen Slavon, Florian, Torben und Utalon die Arbeit zum Verschließen der Höhle ab.

„Die Söldner haben die gefangenen Arbeiter zurückgebracht und Alarm geschlagen. Wir müssen weg", drängte Fanina.

~~~

Direktor Drachennot war an diesem Abend früher in den Dom gekommen als sonst, um nach dem Totenkrieger zu sehen. Leider waren seine Sorgen noch größer geworden, denn die Taube, die jeden Abend in der Dunkelheit aus der Enklave Altdrachenstein mit neuen Nachrichten zu ihm in die Stadt kam, war heute Abend mit einem verletzten Flügel aufgetaucht. Nun erfuhr er nichts mehr und war von der Enklave abgeschnitten.

Die Nachrichten aus der Enklave klangen alles andere als ermutigend: Sechs Riesenkrähen hatte von Galgenberg geschaffen, die nun den Himmel über der Enklave beherrschten. Von Fanina und Narin hatte die Taube nichts berichten können. Und Rittersmann schien abzuwarten, welche Seite einen entscheidenden Vorteil errang. Eine gute Nachricht hatte die Taube dann doch gebracht. Utalon hatte Florian gefunden und zusammen waren sie in das Tunnelsystem der Enklave hinuntergestiegen.

Seit der Direktor Florians Verschwinden und das seiner Freunde entdeckt hatte, hatte die Unruhe ihn fast umgebracht. Nun konnte er endlich wieder etwas Hoffnung schöpfen. Offensichtlich war es Florian gelungen, das Elfengrab hier im Dom zu öffnen. Dieses verfluchte Schloss des uralten Elfenkönigs! Von einem Freund Torbens hatte der Direktor außerdem erfahren, dass Torben ganz versessen darauf gewesen war, den Elfenschatz in der Grabkammer im Dom zu finden.

Drachennot hatte sich sogar noch die Mühe gemacht und versucht etwas über Deconde, den Feuergeist, herauszufinden, der jetzt das Tunnelsystem der Enklave unsicher machte. Deconde war zu seinen Lebzeiten ein Bruder Georg des Fünften gewesen. Beide Brüder hatten sich als siegreiche Heerführer einen Namen gemacht, der eine in Frankreich, der andere in Deutschland.

Gedankenversunken hockte sich der Direktor auf den Boden und betrachtete aufmerksam die Steinplatte mit den vierundsechzig Feldern. Vielleicht verrieten ihm ja die Konturen der Eibenblätter etwas über den Zugangscode. Vorsichtig ließ er seinen Zauberstab von Feld zu Feld schweben. Er fühlte mit seinen Gedanken in die Fingerspitzen hinein. Plötzlich wusste er genau, welches der Felder das erste war. Tatsächlich verfärbte es sich rot und schimmerte sanft. Aufgeregt ließ der Direktor erneut den Stab über die Felder schweben. Und siehe da, er fand auch noch ein zweites und drittes Feld, ohne es zu berühren. Er war so aufgeregt, dass er gar nicht merkte, dass die Glocke längst geschlagen hatte und der Totenkrieger neben ihm stand, scheinbar einen unsichtbaren Zauberstab in der Hand haltend.

Jetzt nahm Drachennot das Schimmern neben sich wahr. Ein Blick zur Seite offenbarte ihm die beiden silbernen Beinknochen. Entsetzen packte ihn. Unendlich langsam und geduckt bewegte er sich an dem Monster vorbei. Dann richtete sich Drachennot wieder auf und ging rasch zur Holztreppe. Der bleiche Totenschädel drehte sich und folgte seinen Schritten aus leeren Augenhöhlen. Die eine Hand umklammerte noch immer das riesige Schwert. Die andere deutete auf das Elfenschloss.

Drachennot stand der Schweiß auf der Stirn. Erst als er den Grubenrand erreichte und damit aus der Reichweite des Totenkriegers war, fing sein Gehirn wieder an zu arbeiten. Er suchte in der Tasche, die er an der Mauer hatte liegen lassen, nach der Flasche mit dem Elixier für die Geisternahrung. Als er sie öffnete, kam ihm der Verdacht, dass der Totenkrieger und nicht er selbst die steinernen Felder auf dem Elfenschloss zum Leuchten gebracht hatte. Er selbst hatte ihn nur auf die Idee gebracht, etwas zu tun, was für einen Geist viel einfacher war: die Gedanken und Träume des Elfenkönigs, die in die Steinplatte eingeflossen waren, zu erfühlen.

Drachennot eilte zum Grab zurück. Vor dem Eingang war dort inzwischen ein riesiger Eibenbusch gewachsen, der eben in einer Nebelwolke verschwand. Er sah gerade noch, wie der Totenkrieger in dem Schacht verschwand.

„Halt!", schrie der Direktor, doch das Monster beachtete ihn nicht. Erst wollte er hinterherstürmen, doch am geöffneten Elfenschloss blieb er stehen. Wenn der Geist unten am Schacht ankam und sich oben eine dünne Nebelschicht bildete, dann würde sich der Schacht binnen kurzem schließen. Der künstliche Raum mitsamt dem Schacht wäre dann wieder verschwunden. Und er, Direktor Drachennot, wäre womöglich für immer gefangen, denn alleine konnte er das Schloss unmöglich öffnen. Wenn Florian doch hier wäre, dachte er verzweifelt. Dann schloss sich der Schacht wieder vor seinen Augen.

18
Die Flucht

Herr Flammner, Florian und Slavon waren die letzten Magier, die noch unten ausharrten. Hexine hielt Wache in dem Gang, der Florian, Utalon, Fanina und Narin zur Höhle der Sulawanas geführt hatte. Wenn die Söldner kämen, dann von dort, hatte Narin gesagt. Auch die Drachen harrten noch im Gang aus. Nawalon versuchte die ganze Zeit, Utalon zu überreden, sofort mit ihm durch den Schacht zu verschwinden. Doch Utalon weigerte sich beharrlich.

„Florian ist mein Bote des Lichts. Ich kann ihn hier unten nicht im Stich lassen."

Das war alles, was der junge goldene Drache zu dem älteren immer wieder sagte. Dagegen nickte Narin Utalon zu. Es schien ihm ganz gelegen zu sein, wenn der junge Drachen weiter bei ihnen blieb.

„Von diesem Tunnel, der um die Höhle der Hoffnung herumführt, gibt es zwei Abzweigungen. Sie führen beide zur Kristallhöhle. Ich schau mal, ob die Schlösser für diese Tunnel funktionieren und ob sie von den Söldnern besetzt sind. Ich bin in fünf

Minuten wieder da."

Mit diesen Worten verschwand Narin mit seiner roten Lichtkugel im breiten Haupttunnel.

„Was werden die Söldner mit den Gefangenen machen?", fragte Florian seinen ehemaligen Lehrer.

„Solange die Söldner sie zum Arbeiten brauchen, werden sie sie am Leben lassen und ihnen auch zu essen geben. Aber wenn sie das gefunden haben, was sie suchen, ist das Leben der Männer keinen Pfifferling mehr wert. Es sei denn, dass sie Schwierigkeiten bekommen, sich aus Altdrachenstein wieder davonzumachen."

Bald darauf kam Narin zurück.

„Der untere der beiden Tunnel zur Kristallhöhle ist frei. Im oberen rumoren die Söldner. Am besten brechen wir sofort auf."

Plötzlich gab es eine Explosion, der eine starke Erschütterung folgte. Dort, wo eben noch die Wand zur Höhle der Gefangenen gestanden hatte, befand sich nun ein Loch. Steine flogen durch die Luft. Alle hatten sich auf den Boden geworfen. Als es wieder ruhig wurde, rief Herr Flammner Slavon zu:

„Verschwinde nach oben! Wir kommen gleich nach!"

Aus dem Loch des Verbindungsgangs zur Gefangenenhöhle sprang ein Söldner mit gezücktem Zauberstab durch eine frei gesprengte Öffnung. Zwei weitere erschienen dahinter. Flammner, Florian und Fanina schossen Flüche ab. Auch die drei Drachen schossen ihnen Flammen entgegen. Zwei der Söldner brachen zusammen, während der dritte in einer Rauchwolke verschwand, die dann langsam in den Gang zog und sich über den Verteidigern ausbreitete.

Dann rumorte es in dem Gang, in dem Florian und Utalon auf Narin und Fanina getroffen waren. Kurz darauf kam eine dichte Rauchwolke von dort auf die Magier, Elfen und Drachen zu. Nun verwandelten sich Nawalon und Waragon in Eulen und verschwanden im Schacht, der nach oben führte. Nur Utalon blieb.

Der Zauberstab von Flammner zielte auf den Gang, aus dem die Rauchwolke kam, und verwandelte sie in ein rotierendes Gebilde, das immer schneller mit einem zischenden Geräusch dorthin zurückrollte, woher es gekommen war. Husten und Hilfeschreie kamen aus dem Gang, in den der Rauch gezogen war. Narin und Fanina zeichneten mit ihren Zauberstäben ein Drachengebilde in die Luft, das nach und nach zu einem vibrierenden, scheinbar lebendigen Wesen erwachte, gewebt aus Tausenden feiner Fäden. Da erschallten

Stimmen aus dem Tunnel, aus dem die Söldner vor Kurzem gekommen waren, und ein schrilles, irres Lachen ertönte.

„Jetzt", schrie Narin. Die beiden Elfen senkten ihre Zauberstäbe und das Drachengebilde raste in Richtung der Stimmen, während aus seinem Maul ein Feuerstrahl herausschoss. Schmerzensschreie kamen aus dem Tunnel, aus dem eben noch die Stimmen der Söldner zu hören gewesen waren.

Doch dann kehrte der Rauchwirbel, den Flammner bekämpft hatte, zurück, noch dicker als zuvor. Der Lehrer stürmte zum Lüftungsschacht. Binnen Sekunden war er verschwunden und gleichzeitig baute sich eine künstliche Felswand hinter ihm auf.

~~~

Florian, Utalon und Fanina folgten Narin. Kurz darauf erreichten sie hinter einem weiteren Steintor einen großen Tunnel. Narin erklärte ihnen das Bauwerk mit leuchtenden Augen:

„Das ist der obere Tunnel. Er führt von der Höhle der Hoffnung, in der jetzt die Söldner von Galgenbergs hausen, zur Kristallhöhle. Dort gibt es die Widu-Primzahlenkristalle. Möge uns die heilige Erdmutter davor bewahren, dass diese Höhle jemals in die Hände der Söldner fällt."

Sie mieden den oberen Tunnel, denn in der Ferne glimmte ein rotes Licht. Auch dort war der Weg von Söldnern versperrt. Sie wählten einen Gang auf der anderen Seite des Tunnels, der über Treppen weiter nach unten führte. Nach ein paar Minuten gelangten sie an einen weiteren, dieses Mal neunzackigen Stern, der vor einer Felswand in den Stein gemeißelt war. Narin öffnete auch dieses Elfenschloss.

Im nächsten Gang gab es jede Menge Fischsymbole an den Wänden, deren Köpfe alle in eine Richtung zeigten. Auf dem Boden flossen kleine Rinnsale.

„Wenn hier unten das Wasser bis zur Decke steht, dann wissen die Fische wenigstens, wohin sie schwimmen müssen, denn das Wasser fließt immer zum Meer", sagte Narin. Florian wusste nicht, was der Elf damit meinte und wozu das gut sein sollte, doch Fanina erklärte es ihm genauer.

„Wenn ein Elf hier früher vom Wasser überrascht wurde, hatte er immer noch die Chance, sich mit seinem Zauberstab in einen Fisch zu verwandeln und zum Burgsee zu schwimmen. Er hatte dann zwar keinen Zauberstab mehr, und er konnte sich auch nicht mehr in einen Elfen zurück verwandeln, aber er konnte hoffen, dass ihn jemand fand und ihm half, wieder ein Elf zu werden", flüsterte Fanina.

Florian gruselte es bei dem Gedanken, sich in einen Fisch verwandeln zu müssen. Teilweise wateten sie nun durch knietiefes, eiskaltes Wasser und kamen an Seitentunneln vorbei, die nach einigen Metern in tiefen Wasserspeicherhöhlen mündeten, manche voll und manche völlig leer.

Nach einer Stunde erreichten sie das Ende des Tunnels. Nur ein senkrechter Schacht führte von hier nach oben, sein Ende war nicht abzusehen, sodass sämtliches Licht bald von der Dunkelheit verschluckt wurde. Nach ein paar Metern herrschte absolute Dunkelheit, selbst als Narin eine helle, weiß schimmernde Kugel hinaufschickte. Das Licht wurde trotzdem von einer unerklärlichen Substanz an den Wänden verschluckt.

„Widu-Primzahlenkristalle. Sie verschlucken alles, selbst die Energie der mächtigsten Flüche", sagte Narin ehrfürchtig. „Das ist eine Sackgasse. Wir müssen wieder zurück", erklärte er dann. „Etwas hat sich in diesem Tunnel verändert. Er sieht anders aus, als es in den Überlieferungen steht."

Neugierig blickten sie in den senkrechten Schacht.

„Früher gab es zwischen der Kristallhöhle und der Höhle der Hoffnung mehrere Verbindungen vom oberen zum unteren Tunnel. Aber nun ist die Verbindung versperrt."

Langsam schlichen die vier zurück. Plötzlich flatterte Utalon von Florians Schulter und flog in einen der kurzen Wasserreservoir-Tunnel.

„Ist da was?", fragte Florian.

„Da ist ein blaues Licht", sagte die Eule.

Die anderen starrten jetzt ebenfalls in die Dunkelheit, konnten aber nichts erkennen. Narin und Fanina gingen deshalb langsam in den Tunnel hinein, bis zur Höhle, in der das Wasser gespeichert wurde. Der Wasserpegel lag etwa einen Meter unter ihnen.

„Ich sehe nichts", sagte Narin und Fanina nickte.

Nur Florian meinte, auf der anderen Seite der Höhle etwas Blaues glimmen zu sehen, doch er war sich nicht sicher. Utalon sah hinunter aufs Wasser. Dann verwandelte sie sich in einen Drachen und sprang hinein.

Zur Verwunderung aller versank sie aber nicht darin, nur ihre Krallen wurden vom Wasser überspült. Gelassen watete sie am Rand der Höhle entlang.

Narin und Fanina sprangen nun ebenfalls ins Wasser und folgten dem Drachenmädchen. Und so blieb Florian nichts übrig, als es den anderen gleichzutun.

Doch auf der anderen Seite des Wasserreservoirs gab es kein blaues Licht mehr. Ein kleiner, silbern schimmernder Würfel drehte sich dort langsam vor sich hin. Als Narin seine Kugel erlöschen ließ, blieb das blaue Licht immer noch verborgen. Dafür verwandelte sich jedoch eine der Würfelflächen in einen Spiegel. Offenbar gab es irgendwo in der Höhle eine blaue Lichtquelle, die der Spiegel reflektiert hatte, um sie hierher zu locken. Nun war das Licht jedoch erloschen.

Mit einem Mal quoll aus dem Felsen neben dem Spiegel eine Steinplatte hervor. Ein Relief erschien: Ein Magier, ein Elf und ein Drache schienen gemeinsam das Tor in der Felswand zu öffnen.

„Ein Tor, das man nur gemeinsam öffnen kann", flüsterte Fanina. „Der Magier muss be ginnen, dann der Elf und am Schluss der Drache."

Florian ließ seinen Zauberstab über das Relief schweben. Als er den Magier streifte, sprühten Funken aus der Spitze. Ein Zauberspruch formte sich in seinem Kopf und er sprach ihn aus: *„Hallusthurn uslukan."*

In atemberaubendem Tempo bekam die Felswand neben der Steinplatte einen bogenförmigen Riss. Es schien, als würde eine unsichtbare Macht einen Zacken nach dem anderen in den Fels stanzen.

„167 Zacken", flüsterte Narin nach einer

Weile. Er sah Fanina an und die beiden begannen, eine Melodie zu summen. Begleitet von sphärischen Klängen schob sich neben den ersten Bogen ein zweiter, der fast doppelt so lang war.

„313 Zacken", summte nun Utalon. Sie öffnete ihr Maul und blies mit sanftem Summen einen feinen Feuerstrahl gegen den Fels. Weitere Zacken formten sich im Stein und bildeten einen weiteren halbkreisförmigen Bogen, der sich zwischen jenen von Florians Zauberstab hervorgebrachten und den der Elfen lautlos einfügte. Die drei Bögen bildeten nun einen vollkommenen Kreis.

„1051 Zacken insgesamt", murmelte Narin, „der einzige gemeinsame Zauber aller drei magischen Wesen."

In diesem Moment verwandelte sich die runde ausgestanzte Felsplatte in eine Nebelwolke und ein langer dunkler Gang wurde dahinter erkennbar. Irgendwo in der Ferne war ein helles Licht zu sehen.

19
Das Mondblatt

Neugierig gingen Florian, das Drachenmädchen und die beiden Elfen auf das helle Licht zu. Sie betraten einen kleinen Raum, an dessen Stirnwand ein Drache mit dreizehn Rückenschuppen abgebildet war.

„Ein Drachenschloss", summte Utalon. „Man muss die Schuppen in einer bestimmten Reihenfolge per Gedankenübertragung berühren."

Sie konzentrierte sich kurz und nach einer Weile schimmerten alle Schuppen smaragdgrün. Doch dieses Mal bewegte sich der ganze Raum ein paar Meter hinauf. Ein Gang öffnete sich vor ihnen. Er führte steil bergauf auf ein helles Licht zu. Nach ein paar Minuten erreichten sie das Ende und sahen schließlich eine riesige Höhle vor sich, in deren Mitte ein riesiger goldener Drachen auf einer dunkelblauen Felsenebene lag. Er schien zu schlafen. Drei weitere Drachen saßen daneben. Florian erkannte sofort Nawalon und Waragon, während Fanina freudestrahlend Filaton begrüßte, die an der Unterredung mit Drachennot und Rittersmann in der Elfenenklave teilgenommen hatte.

Utalons Augen füllten sich mit Tränen. Sie breitete ihre Flügel aus und flog zu dem riesigen Drachen. Dort angekommen stupste sie ihn immer wieder mit ihrer Nase an. Nawalon war inzwischen herangekommen und begrüßte Utalon freudig. „Sülaton", summte diese immer wieder. Und tatsächlich hob der alte Drache seinen Kopf. Das linke Auge war verbunden, das rechte blickte stumpf. Dann sackte der Kopf wieder nach unten.

Oben an der Decke strahlte ein riesiger Kristall, der die Höhle in eine Helligkeit tauchte, die in ihrer Intensität an Sonnenlicht erinnerte. Als Narin, Fanina und Florian die Höhle betraten, erfasste sie ein enormer Sog. Sie glaubten, in die Tiefe zu stürzen, doch es war nur ein Gefühl. Stattdessen schwebten sie durch die Luft, als ob die Schwerkraft aufgehört hätte zu existieren. Durch eine mysteriöse Kraft landeten sie auf einer Art Insel direkt vor den Drachen. Und als Florian sich umdrehte, sah er, dass der Tunnel, aus dem sie gekommen waren, verschwunden war. An der Stelle des Eingangs befand sich nun wieder eine feste Felswand. Um die Insel herum gähnte jedoch ein dunkler Abgrund. Wie sollen wir nur wieder von hier fortkommen?, dachte der Junge.

Der riesige Drache am Boden rührte sich nicht. Utalon schleckte den Kopf des großen Drachen immer wieder ab. Schließlich wandte sie sich Florian mit traurigen Augen zu.

„Das ist Sülaton, meine Großmutter, der Drache des Lebens in dieser Höhle."

Filaton stupste mit ihrer Nase die Truhe an, die neben dem alten Drachen auf der Erde stand. Eine Klappe öffnete sich und ein riesiges Buch schwebte heraus. Auf ihm lag eine Schatulle. Als Florian auf den Einband blickte, wurde ein Schriftzug sichtbar: *Nimm den Schlüssel heraus!*

„Das Buch meint dich, Florian. Bitte folge seinen Anweisungen", murmelte da Sülaton.

Vorsichtig streckte der Junge die Hand nach der Schatulle aus und mit seiner Berührung öffnete sich der goldene Deckel von ganz allein. Ein blattförmiger Schlüssel wurde sichtbar, der silbern schimmerte. Widu, dachte Florian, reines Widu-Mineral. Er wagte nicht, den Schlüssel anzurühren, lieber nahm er die Schatulle in die Hand. Da öffnete sich das Buch darunter und die Seiten flogen so schnell an ihm vorbei, dass warme Luft über sein Gesicht strömte. Das Buch enthielt viele leere Seiten, doch auf einer erkannte er plötzlich Buchstaben, die er aber nicht lesen konnte. Fanina trat neben ihn und las vor:

... und der Elfenkönig Galawan, der ein Bote

des Lichts war, nahm den Schlüssel des Gleichgewichts. In dem Moment öffnete sich vor dem weisesten aller Drachen, der sein Gefährte war, der Boden der Kristallhöhle und eine Treppe wurde sichtbar.

Nun erst ahnte Florian, welche Aufgabe vor ihm lag und Unbehagen ergriff ihn. Doch auch Neugier erfasste ihn. Seine Hand bewegte sich auf den Schlüssel zu. Im selben Moment strömten Lichtstrahlen aus dem silbernen Blatt in seine Hand und er spürte eine ungeheure Kraft, die in seinen Körper floss. Zuversicht breitete sich in ihm aus und erst jetzt nahm er den Schlüssel, der leicht wie Holz war, in die Hand. Im gleichen Moment öffnete sich tatsächlich im Boden vor dem großen Drachen der Stein und eine Treppe wurde sichtbar. Nun hob Sülaton mühsam den Kopf und sprach lächelnd mit vor Fieber tränenden Augen:

„Auch du bist ein Bote des Lichts, ein seltenes magisches Wesen. Du siehst Dinge, die niemand sonst sehen kann. Hab Geduld und sei beharrlich! Schau nicht weg! Dann findest du das, was alle, alle suchen und niemand außer dir sehen kann."

Nach einer kurzen Pause, in der sie neue Kraft sammelte, sprach sie weiter:

„Galawan drehte den Schlüssel des Gleichgewichts sieben Mal im *Wasser des*

Lebens herum, damit es alle Bosheit und allen Aberglauben hinfort schwemmte, wie auch die Krankheiten, denn alle, die mit der Quelle in Berührung kamen, wurden von ihren Schmerzen erlöst, oder hinweggespült in Verdammnis und Sklaverei."

Ängstlich trat Florian an die Treppe und schaute hinunter auf die vielen Stufen. Da näherte sich Sülaton mit ihrer Nasenspitze Florians Kopf und berührte ihn sanft.

„Hab keine Angst", summte er.

Da verwandelte sich Utalon wieder in die Eule und flatterte auf seine Schulter. Ein letztes Mal noch sprach die alte Drachendame zu ihm:

„Utalon wird dich begleiten und dich mit ihrem Leben schützen. Doch ihr müsst den Weg allein gehen, denn eine Rückkehr in die Kristallhöhle wird nicht mehr möglich sein. Flieh vor den Söldnern und versuche, das Tunnelsystem zu verlassen. Vertraue dem Schlüssel des Gleichgewichts."

Nun schöpfte Florian wieder Hoffnung. Zögerlich ging er mit Utalon auf der Schulter eine Stufe nach der anderen hinunter. Hinter ihnen schloss sich die Felsenplatte wieder.

~~~

Nach einem Moment der Besinnung richtete sich Sülatons Kopf ein letztes Mal auf:

„Filaton, nimm die Schatulle vom

Drachenbuch herunter und stelle sie hier neben mich auf den Boden. Aus ihrem Holz werden Wurzeln sprießen und in den Fels wachsen, das Mondblatt suchen und finden. Die Wurzeln werden das Mondblatt hierher zurückbringen, sobald Florian es in dem Schloss, das sich in der Höhle des Gleichgewichts befindet, sieben Mal gedreht hat. Dann wird das Mondblatt erneut aus der magischen Erde sprießen und drei Zweige werden wachsen mit 1051 Blättern. Sammelt das Wasser aus diesen Blättern und gebt mir einen Becher davon, wenn ich schlafe, denn es wird mich heilen. Bringt auch Naragon einen Becher davon, denn es wird auch ihn heilen. Es ist das *Wasser des Lebens*. Und nach einem Monat werden die Blätter wieder zu einem einzigen verdorren und die Erde wird austrocknen und sich wieder in die Schatulle verwandeln und erneut von einem Boten des Lichts träumen."

Die alte Drachendame machte erschöpft eine Pause. Dann fuhr sie fort:

„Filaton und Nawalon! Sollten von Galgenbergs Söldner alle Auswege aus den Tunneln nach draußen mit Flüchen versperrt haben, ist Utalon in großer Gefahr. Ihr müsst dann sofort zur Burg Altdrachenstein fliegen, um sie zu retten. Von Galgenberg wollte das Mondblatt."

„Wenn ich sterbe", beendete Sülaton mühsam ihre Rede, „dann wird Utalon die nächste Hüterin dieser Kristallhöhle, denn sie dient Florian, dem einzigen lebenden Boten des Lichts in dieser Enklave. Wenn es von Galgenberg gelingt, sie schwer zu verletzten und sie wehrlos ist, dann kann er Macht über ihren Körper erlangen und sie töten und sich in Utalons Gestalt verwandeln. Dann wird Florian von Galgenberg folgen. Dann sind die Kristallhöhle und auch das Mondblatt in der Hand dieses Schurken."

Sülaton sammelte noch einmal all ihre Energie, dann stieß sie hervor: „Rettet sie!"

Die alte Drachendame hatte ihre Kräfte verbraucht. Ihr Kopf sank auf den Fels und das rechte Augenlid klappte zu. Nawalon und Filaton sahen sich ratlos an. In die Burg einzudringen war keine leichte Sache. Beim letzten Versuch war Nawalon schließlich in Gefangenschaft geraten.

Die Minuten vergingen, ohne dass etwas geschah, doch dann wuchsen plötzlich Wurzeln aus der hölzernen Schatulle, die noch immer auf dem Drachenbuch stand. Langsam drangen sie in den Felsboden ein und verankerten sich dort.

Nur ein paar Augenblicke später zerfielen die Seitenteile der Schatulle zu Erde, aus der nach kurzer Zeit drei kleine grüne Triebe heraussprossen. In atemberaubendem Tempo wuchsen drei Zweige – genau, wie Sülaton es zuvor prophezeit hatte. Dann entwickelten sich Blätter.

Schon nach wenigen Minuten tropfte aus einem Blatt ein erster Tropfen. Schnell waren mehrere Gefäße herbeigeschafft, in denen die Anwesenden die wertvolle Flüssigkeit sammelten.

~~~

Florian beobachtete nervös den Tunnel, durch den er ging. Die Luft war feucht und warm, einschläfernd, denn Utalon hatte ihre Augen geschlossen. Nach kurzer Zeit gabelte sich der Weg. Zwei Symbole leuchteten über den Gängen: ein silbern schimmerndes, kleines Mondblatt über dem einen und ein Schwert über dem anderen.

„Wohin sollen wir gehen?", fragte Florian unsicher. Utalon schwieg. Ihre Augen waren geschlossen, als ob sie schliefe.

Ich soll es also alleine entscheiden, dachte er. Er hatte den Schlüssel des Gleichgewichts und musste damit zum *Wasser des Lebens*, also wählte er den rechten Gang.

Der Tunnel führte zu einer kleinen Höhle, in der überall Wasser von den Wänden floss. Gib mir ein Zeichen, dachte er verzweifelt und hielt den Schlüssel vor sich. Er drehte sich mehrmals im Kreis. Seine Augen suchten nach einem Zeichen. Dann sah er ein Flimmern in der Wand und tatsächlich: Dort pulsierte blaues Licht hinter einem Wasservorhang. Er steckte den Schlüssel in eine kleine, verborgene Öffnung und drehte ihn. Nach dem siebten Umdrehen ließ der Schlüssel sich nicht mehr bewegen. Florian trat ein wenig zurück, denn der Wasserfluss von den Wänden hatte stetig zugenommen.

Er bekam Angst. Nervös fummelte er mit dem Schlüssel in der Öffnung herum, er bekam ihn aber nicht mal mehr heraus. Ärgerlich ließ er ihn los. Als er erneut zum Schlüssel greifen wollte, war dieser verschwunden.

Panisch drehte sich Florian um und rannte los, Utalon auf seiner Schulter. Immer weiter hastete er, doch das Wasser folgte ihnen immer schneller. Nach kurzer Zeit erreichen sie den unteren Tunnel, der sie durch eine magische Wand zur Kristallhöhle geführt hatte. Sie befanden sich ganz in der Nähe des Wasserreservoirs, das sie damals auf ihrem Weg dorthin passiert hatten. Inzwischen überspülte das Wasser schon Florians Füße. Auch der Weg zum Wasserreservoir, in dem sich der Schacht hinauf zur Kristallhöhle befunden hatte, war überflutet.

Von Florian und Utalon nicht bemerkt waren einige Söldner hinter ihnen hergeschlichen. Auch sie hatten im unteren Tunnel einen Zugang zur Kristallhöhle gesucht und nicht gefunden. Florian und Utalon flüchteten nun vor ihnen in Richtung des Treppenschachtes davon, durch den sie aus dem Ringtunnel um die Hoffnungshöhle in diesen hier gelangt waren.

Plötzlich tauchte auch vor ihnen ein Söldnertrupp auf. Nun rannte er in einen Tunnel, der zu einem weiteren großen, unterirdischen Wasserreservoir führte. Doch dort strömte das Wasser schon in riesigen Mengen vom oberen Tunnel über ihnen an den Wänden herunter und füllte die Höhle rasend schnell.

Florian traute sich nicht, ins kalte Wasser zu springen. Doch dann hörten sie Stimmen hinter sich, die sich anschrien.

Wir kommen nicht mehr in den oberen Tunnel hinein", schrie jemand. „Das Wasser reißt uns die Beine weg."

„Der untere Tunnel ist auch eine Sackgasse", schrie eine andere Stimme. „Da kommen wir auch nicht mehr raus."

„Wir müssen einen Lüftungstunnel finden und den Eingang sprengen", erwog von Galgenberg.

„Das Pulver und die Zündschnüre sind nass geworden", wandte jetzt einer der Magier ein.

Von Galgenberg fluchte. Da näherten sich Florian schwere Stiefelschritte, er schrak zusammen. Plötzlich wurde Utalon auf seiner Schulter größer und schwerer. Das Drachenmädchen stieß sich von Florians Schulter ab und wuchs flügelschlagend in der Luft zu seiner Drachengröße heran. Der Drache füllte nun fast die gesamte Breite des Wasserreservoirs aus, aus seinem Maul schossen Feuerblitze in Richtung der Söldner.

Schreie ertönten. „Ein Drache!" „Flieht!" Das Trampeln der Stiefel entfernte sich wieder. Dann ergriffen Utalons Klauen Florians Schultern. Mit einigen kräftigen Flügelschlägen gewann sie schnell an Höhe. Sie setzte Florian sanft am Eingang zum oberen Tunnel ab. Dann verwandelte sie sich wieder in die Eule, die sie zuvor gewesen war, und kehrte auf seine Schulter zurück.

20
Der Geist des Feuers

Florian hastete mit der Eule Utalon auf der Schulter und einer roten Leuchtkugel vor sich zurück in die Richtung, aus der er vor über einer Stunde gekommen war: zur Gefangenenhöhle. Er konnte nur hoffen, dass die Söldner im dritten Tunnel es nicht schaffen würden, ihn einzuholen.

Wahrscheinlich würde er irgendwo wieder auf Söldner treffen, doch mit Utalon an seiner Seite hatte er eine gute Chance, die Sache lebend zu überstehen. Die Angst begleitete ihn trotzdem die ganze Zeit. Nur das sanfte Summen der Eule auf seiner Schulter gab ihm etwas Mut und Zuversicht.

Nach fast einer Stunde sah der Junge vor sich in der Ferne ein kleines rotes Licht. Was mochte das sein? Seine Schritte verlangsamten sich, und er spürte, wie Utalon wieder größer wurde und anfing, tiefer und bedrohlicher zu summen. Sie spürte offensichtlich irgendeine Gefahr. Dann schwang sie sich von seiner Schulter und wuchs auf dem Boden wieder zu einem furchterregenden Drachen heran, während Florian hinter ihr blieb und ängstlich auf die rote Kugel in einiger Entfernung blickte. Er meinte, zwei dunkle Gestalten im schwachen Licht erkennen zu können, das aus einem Seitentunnel schimmerte. Richtig, das musste der Treppenschacht sein, der zum dritten Tunnel hinunterführte. Die Söldner hatten also zwei Wachposten zurückgelassen.

In diesem Moment rief ihn eine Stimme an: „Wer ist da? Hillinger, seid Ihr das?"

Florian ließ sofort seine rote Kugel ausgehen und drückte sich eng an die Tunnelwand. Er hörte das Surren eines Pfeiles, der dicht an ihm vorbeischwirrte. Statt einer Antwort schoss nun eine Feuersäule aus dem Rachen des Drachen in Richtung der beiden Söldner. Einer der beiden schrie auf, er schien getroffen worden zu sein. Nun erlosch ihre rote Leuchtkugel und schnelle Stiefelschritte entfernten sich. Offenbar in den Tunnel, der zur nächsten großen Höhle führte. Utalon nahm wieder die Gestalt der Eule an und flog auf die Schulter des Jungen zurück.

In der Nähe fand er einen Geröllhaufen, hinter dem ein Durchgang zu einem weiteren Tunnel lag. Dieser führte offensichtlich zurück zu der kleinen Höhle, in der sich der Lüftungsschacht befand, durch den die Altdrachensteiner Geiseln geflohen waren. Wenn er es bis dorthin schaffte, konnte Utalon die künstliche Wand vielleicht wieder öffnen und und dann mit ihm hinaus aus dem Tunnellabyrinth fliegen.

Bald darauf hatten sie die Abzweigung zur Höhle der Sulawans erreicht. Vorsichtig näherte sich Florian dem Eingang. Niemand war weit und breit zu sehen. Er schlich langsam zur künstlichen Wand und klopfte dagegen. Sie klang nicht hohl, sondern massiv. Erst da fiel ihm die Veränderung auf: Eine kleine silberne Metallplatte, auf der ein Totenkopf eingebrannt war, schimmerte im roten Licht der Kugel. Utalon fing an, bedrohlich zu summen:

„Wer diese Wand aufbricht, stirbt durch den Todesfluch."

„Kannst du sie nicht trotzdem aufbrechen?", fragte Florian das Drachenmädchen.

„Nur wenn du willst, dass ich sterbe, werde ich es tun", sagte der Drache mit ausdruckslosem Gesicht.

Florian schüttelte den Kopf und einige Tränen liefen ihm über die Wange. Er war erschöpft. Wohin konnte er sich jetzt noch wenden?

Zum ersten Mal wurde ihm klar, dass er bis zu diesem Zeitpunkt, seit er die Höhle des Gleichgewichts verlassen hatte, immer nur geflohen war. Erst vor dem Wasser, dann vor den Söldnern. Sülaton hatte ihm den Rat mit auf den Weg gegeben, zu versuchen, aus dem Tunnelsystem der Enklave herauszukommen. Aber wie?, dachte er nun bitter. Bis jetzt waren sie auf dem Rückweg haargenau den Weg gegangen, den sie auf dem Hinweg zur Kristallhöhle genommen hatten. Nur am Ende des unteren Tunnels hatten sie zwei verschiedene Wege zur und von der Höhle des Gleichgewichts genommen.

„Die Tunnel zwischen den großen Höhlen können nicht verschlossen werden, mit einer Ausnahme", sagte Utalon.

„Und welche ist das?", fragte Florian.

„Die Kristallhöhle, sie ist immer verschlossen und kann nur geöffnet werden, wenn Sülaton es will."

„Du meinst: Wenn wir den Weg über die großen Höhlen gehen, dann können wir vielleicht über eine andere der großen Höhlen hinauskommen?"

Der Drache nickte. So musste es gehen.

Der Weg zur Grufthöhle war weit. Dort gab es aber immerhin keine Schlösser, die den Weg nach draußen versperrten. Florian hatte Hunger und Durst. Vielleicht fand er etwas Brauchbares in der Gefangenenhöhle. Er beschloss es zu versuchen und Utalon nickte. Die Eule flatterte den schmalen engen Gang zur Gefangenenhöhle hinauf, während Florian mühselig hinterherkletterte, ständig bemüht, möglichst keine Geräusche zu machen. Nach kurzer Zeit war Utalon wieder zurück und berichtete, dass sich nur einige Gefangene in der Höhle befänden, jedoch keine Wachen.

Tatsächlich waren knapp ein Dutzend Gefangene in der großen, dunklen Höhle. Einige der Gestalten sahen, wie er von dem Verbindungsgang über den Geröllhaufen hinunterkletterte. Dabei bemerkte er, dass sie jeweils paarweise an den Füßen aneinander gekettet waren. So konnten sie unmöglich durch einen Lüftungsschacht entkommen.

„Habt ihr etwas zu trinken?", fragte er einen Mann.

Der nickte müde und deutete auf ein Wasserfass. Florian ging hinüber und trank gierig aus einer Schöpfkelle. Auch der Drache hatte offensichtlich Durst, denn er kam angeflogen und nahm ebenfalls einige Schlucke. Nun kam Bewegung in die Männer, einige verlangten Wasser und schon war Florian mit der Kelle auf dem Weg zu den Leuten. Doch als er sah, wie eine Taube durch die Höhle flog und durch den anderen Zugang wieder verschwand, bekam er ein mulmiges Gefühl. Eine Überwachungstaube, dachte er. Schnell murmelte er „*Usbraidjan*" und nacheinander lösten sich wie von Geisterhand die Fußfesseln der Männer. Gierig machten sie sich über das Wasserfass her.

Kurze Zeit später hörte der Junge, wie schwere Stiefel den Gang aus der Höhle heraneilten. Ängstlich richtete er seinen Zauberstab auf den Eingang, während Utalon schnell von seiner Schulter flog. Kaum berührte sie den Boden, gewann sie rasant an Größe. Der goldene Drache stand wieder neben Florian, keine Sekunde zu früh, denn da zischte eine rote Kugel in die Höhle und zwei Bogenschützen stürzten herein.

„Gatandjan", schrie Florian und verfehlte einen der beiden Schützen. Utalon fauchte drohend, doch die beiden Bogenschützen konnten geistesgegenwärtig dem Feuerstrahl ausweichen. Das Feuer traf die Felswand hinter den Söldnern und Steine prasselten gegen die beiden. Sie fielen in den Staub und schrien auf, die Hände schützend vor ihre Augen gelegt. Hastig rappelten sie sich wieder auf und stürzten in den Gang zurück, aus dem sie gekommen waren. Zwei der Gefangenen rannten zu den Bögen und nahmen sie an sich.

„Wir müssen weg", rief einer der Männer und deutete auf den Ausgang.

Doch wohin?, dachte Florian. Sie mussten zurück zur großen Höhle, wenn sie den Söldnern von Galgenbergs entkommen wollten.

Während ein Teil der Männer über das Geröll zum schmalen Gang hinaufkletterte, hörte Florian, wie sich jemand langsam, eine Melodie singend, der Gefangenenhöhle näherte.

„Deconde, der Verrückte, kommt", riefen einige Männer entsetzt und begannen, sich in dunklen Ecken der Gefangenenhöhle zu verstecken. Andere kletterten aus Angst den Geröllhaufen hinauf. Utalon richtete sich dagegen noch etwas mehr auf, ein großer goldener Drache, und wartete furchtlos auf den, der da kommen sollte.

Endlich erschien Deconde in der Gefangenenhöhle: ein mittelgroßer, hagerer Mann mit einem langen Schwert in der einen Hand und einem silbern glänzenden Zauberstab in der anderen. Keiner der Gefangenen war mehr sichtbar.

„Wen haben wir denn da? Einen Mini-Helden und einen mickrigen Drachen. Sind das etwa alle, vor denen meine Leute weggelaufen sind?"

Ein hysterisches Lachen quoll aus seinem Mund.

Florian zielte und schrie „*Gatandjan*"!

Der Fluch traf die Schulter des Mannes, der aber gegen Schmerzen immun zu sein schien. Nur der Stoff der Kleidung brannte, doch Deconde lachte nur, schlug die Flammen mit der Hand aus und verschmähte seine Gegner weiter.

„Ist das etwa alles, was du kannst? Lächerlich!"

In dem Moment öffnete Utalon wütend den Rachen und spie so viel Feuer, wie sie nur konnte. Der Mann war vollständig eingehüllt. Eine Rauchwolke stieg auf. Nun schwieg der Kerl endlich. Er stand da und rührte sich nicht. Dann fiel schwarze Asche von seinem Körper herunter. Das, was einmal Haut gewesen sein mochte, war verschwunden und die blanken Knochen schimmerten silbern. Ein Totenkopf blickte Florian und Utalon an und begann erneut, hysterisch zu lachen.

„Toll, einfach toll, aber ich lebe immer noch. Erstaunlich, nicht wahr?!"

Nun war auch Utalon unsicher geworden, doch sie schoss einen neuen Feuerstrahl auf dieses Monster. Er glitt durch das Wesen hindurch und prallte gegen die Wand hinter ihm. Nur das Schwert und der Zauberstab dampften jetzt. Das Monster trat auf das Wasserfass zu und hieb mit einem Schlag ein großes Loch hinein, aus dem Wasser heraussprudelte und das heiße Eisen zum Zischen brachte.

„Und jetzt sagt mir, wie ihr sterben wollt", schrie Deconde.

21
Der Kampf der Krieger

Utalon sah Florian an.

„Wir müssen vor dem Feuergeist fliehen."

Doch wie sollten sie an Deconde vorbeikommen? Der Weg aus der Gefangenenhöhle war versperrt, deshalb mussten sie versuchen, über den Geröllhaufen zu fliehen. Das Monster kam mit langsamen Schritten näher und während Florian den Geröllhaufen hinaufkletterte, schrumpfte Utalon wieder zur Eule. Sie wich Deconde aus, flog um den Feuergeist herum und hinter Florian her zu der kleinen Weggabelung mit dem nun allerdings verschlossenen Fluchtweg nach oben.

„Ihr könnt mir nicht entkommen", schrie Deconde hinter ihnen. „Ich bin unbesiegbar!"

Er war ebenfalls aus der Gefangenenhöhle herausgekrochen und auf dem Weg zum Lüftungsschacht, der jetzt mit einem Todesfluch verschlossen war.

Florian geriet in Panik. Ohne einen Plan zu haben, stürzte er in den Tunnel, der zur Grottenechse führte und der ihn – wie er hoffte – vor dem Monster in Sicherheit bringen würde. Utalon hatte ihn bald eingeholt und landete wieder auf seiner Schulter.

„Wir haben Glück, dass der Feuergeist nicht rennen kann", sagte die Eule.

Florian war allerdings viel zu panisch, als dass er Utalon genau zugehört hätte.

„Normalerweise sind Geister sehr schnelle Wesen. Sie können manchmal sogar fliegen. Ein Feuergeist dagegen hat es nicht sehr eilig, denn er flieht niemals. Aber selbst wenn er auf den Gedanken käme zu fliehen, wäre er sehr langsam, denn er hat ein Widudyn-Bein."

„Ein Widudyn-Bein?", fragte Florian, von seiner Angst abgelenkt. „Was ist das?"

„Das Widudyn-Bein ist ein kleines Wunder, dass nur von Galgenberg vollbracht haben kann. Mit mächtiger Magie hat er es dem Feuergeist an seinen sphärischen Körper gezaubert. Es ist das Band, nein, eigentlich die Kette, die Deconde an von Galgenberg bindet und ihn seinem Willen unterwirft. Wenn er versuchen sollte, das Höhlensystem über einen Ausgang zu verlassen, der mit dem Todesfluch gesichert ist, dann verliert er zwar sein Widudyn-Bein, aber er ist für ewig an den Ort gefesselt, an dem er es verloren hat."

Florian blieb kurz stehen und riss überrascht die Augen auf. Dann ging er weiter.

„Jedenfalls traut sich dann keiner mehr

rein, wenn bekannt wird, dass hier ein Feuergeist haust."

Die Eule wartete, dann fragte sie Florian:

„Weißt du, wo du hin willst, Florian?"

„Nur weg von dem Monster. Einfach nur weg."

„Ein kluger Plan", meinte Utalon ironisch. „Und weißt du auch, wo dieser Gang hinführt?"

„Wir sind bald wieder bei der Grottenechse. Vielleicht hat das Biest ja Hunger auf einen Geist."

„Kann ich mir nicht vorstellen", sagte das Drachenmädchen. „Kannst du vielleicht etwas langsamer gehen, dann kann ich besser nachdenken."

„Ja, aber wenn ich schnell gehe, dann fühle ich mich besser."

„Wenn du so schnell läufst, dann wirst du bald müde werden und Deconde holt dich ein."

Florian ging nicht darauf ein.

„Utalon, weißt du vielleicht, wie man einen Feuergeist töten kann?"

„Ja, aber das ist sehr schwierig."

„Und wie?", fragte Florian.

„Man muss ihm den Kopf abschlagen."

Florian wurde langsam wütend. Er war ein miserabler Magier und ein noch schlechterer Schwertkämpfer und damit völlig ungeeignet für so eine Aufgabe.

„Ich bin saumäßig schlecht im Schwertkampf."

„Das weiß ich", erwiderte der Drache, „sonst hättest du ein Schwert bei dir wie Narin. Selbst Narin würde den Feuergeist nicht töten können, denn kein Magier oder Elf ist im Schwertkampf so gut wie dieser Geist. Nur ein Rachegeist kann einen Feuergeist im Schwertkampf töten."

Florian blieb stehen.

„Nur ein Rachegeist kann ihn töten?"

„Geh weiter, sonst holt er uns ein."

Florian setzte sich langsam wieder in Bewegung und versuchte nachzudenken. Er kannte einen Rachegeist, aber bis zum Dom war es zu weit. Das würde er nicht schaffen. Unmöglich! Oder konnte es sein, dass das Monster hinter ihnen auch irgendwann erschöpft sein würde?

Doch wann immer Florian eine Pause machte, tauchte nach kurzer Zeit ein silberner Schimmer hinter ihm auf. In der Labyrinthhöhle, so hoffte er, könnte er Deconde abhängen. Vergeblich, denn wieder hörte er die gleichmäßigen Stiefeltritte im Matsch hinter sich und wusste, dass das Monster ihm immer noch folgte. Florians Erschöpfung nahm ständig zu.

Sie passierten die Höhle der Kräuter. Dann

kamen sie irgendwann zur Grufthöhle. Aber dort, wo er gehofft hatte, nach oben zu gelangen, blockierte eine Silberplatte den Ausgang. Wieder ein Todesfluch, der ihm den Weg versperrte. Zum ersten Mal kam Florian der Gedanke, dass von Galgenberg geahnt hatte, dass seine Gegner in die Tunnel der Enklave eindringen würden und er ihnen auf diese Weise eine Falle stellen konnte. Utalon meinte jedoch:

„Von Galgenberg will dich lebend, denn lebendig bist du viel wertvoller für ihn als tot. Du bist ein Bote des Lichts. Deshalb hofft er, über dich in den Besitz vieler magischer Geheimnisse zu kommen, die kein gewöhnlicher Magier kennt."

Florian war schon zu müde, um den Sinn dieser Worte zu verstehen. Er hastete einfach weiter und immer weiter. Nun in Richtung Burghöhle.

„Florian, hör mir zu", mahnte das Drachenmädchen nun eindringlich. „Du bist ein Bote des Lichts und die sind sehr selten. Von Galgenberg will deine und meine magischen Kräfte für seine Ziele nutzen. Wenn wir zusammenbleiben, können wir sehr stark sein."

Florian hielt nichts von Prophezeiungen und Versprechungen, selbst wenn sie von Utalon kamen. Der Feuergeist und damit der

Tod waren einfach zu nah.

Endlich erreichten Utalon und der Junge, schon völlig erschöpft, die Höhle unter der Burg Altdrachenstein. Florian ging zu der Stelle in der weißen Kammer mit den vierundsechzig Feldern. Wenn es ihm gelänge, dieses Schloss zu öffnen, dann würde er mit Utalon wenigstens vor dem Monster fliehen können. Er würde mit ihr zum Drachenzahn fliegen oder zur Enklave der Elfen. Florian schöpfte wieder Hoffnung.

Er griff in seine Hosentasche und holte das letzte Eichenblatt hervor, das er mitgenommen hatte. Dieses führte er mit der Spitze des Zauberstabes an die Bruchstelle und sprach dann den Kröpfungszauber. Langsam veränderte sich die Kontur des grünen Blattes und glich sich dem steinernen an. Dann fing das Steinfeld an, hellgrün zu leuchten. Die Wand daneben bebte und es bildeten sich gerade Risse zwischen einigen Steinen. Doch dieses Mal wurde dahinter kein Gang sichtbar, dem er folgen konnte und der ihn nach oben bringen würde. Stattdessen erschien eine neue Wand vor ihm, als ob jemand diesen Zugang in der Zwischenzeit zugemauert hätte. Das Ornament eines riesigen Totenkopfes schaute ihn an.

„Nein!", schrie der Junge und hätte am liebsten auf die Steine gehämmert. Da deutete

Utalon auf eine Silberplatte, die er nach einigem Suchen neben dem Eingang an einer besonders dunklen Stelle unten im Fels fand. Er schaute hinter sich, schon hörte er den Gesang des Monsters.

„Was können wir tun?", fragte er Utalon.

Diese blickte ebenfalls niedergeschlagen zu Boden.

„Ich kann dir noch etwas Zeit verschaffen", sagte der treue Drache schließlich.

Er flog von der Schulter des Jungen und verwandelte sich wieder in seine eigene Gestalt, einen goldenen Drachen. Kurz darauf kündigte das schrille, hysterische Lachen das Kommen von Deconde an.

Utalon schoss einen Feuerstrahl nach dem anderen auf den langsam heranschreitenden Deconde, der jedoch immer nur weiter hysterisch lachte.

Schließlich wich der Drache erschöpft zurück. Das Monster war jetzt mit einigen schnellen Schritten bei Utalon und hieb mit dem Schwert auf ihren Körper ein. Ein Schrei zerriss die Luft und aus einem schmalen Schnitt in der Brust des Drachen floss Blut. Utalon versuchte, mit ihrem Rachen den Kopf von Deconde zu erwischen. Doch der Geist war jedes Mal eine Spur schneller und wich geschickt aus. Wieder setzte er einen Hieb, doch diesmal prallte sein Schwert von einem

Zahn des Drachen ab. Mit dem nächsten Streich erwischte er aber noch einmal Utalons Hals. Der ungleiche Kampf setzte sich quälend langsam fort. Wunde auf Wunde erlitt der Drachen, während Florian dabei war, die Kammer zu verlassen. Zuletzt sah er noch, wie Deconde sich über den Drachen beugte und zu einem letzen Schlag ausholte.

„Deine Feigheit wird dir nichts nützen", schrie das Monster in Florians Richtung. „Willst du nicht sehen, wie ich deinen einzigen Freund töte?"

„Ja, töte mich", summte Utalon erschöpft. „Dann wird mein letzter Gedanke sein, wie ich mich an dir rächen kann, weil du meinen besten Freund töten wirst. Ich will und werde ein Rachegeist werden."

Müde hob der Drache sein Haupt und bot Deconde seine Kehle. Seine Augen funkelten jedoch furchtlos den Geist an. Doch nach einer Pause der Besinnung trat dieser zurück und folgte Florian.

„Ich kann dich immer noch ins Reich der Geister schicken", rief er kalt über seine Knochenschulter seinem verwundeten Gegner zu.

Florian rannte inzwischen mit letzter Kraft durch den Gang, der ihn zur Höhle der Grottenwichte bringen sollte.

„Florian, du Feigling, jetzt hat dein letztes

Stündlein geschlagen. Ich werde dich fangen und zu von Galgenberg bringen", flüsterte Deconde bedrohlich in seinem Rücken.

Florian schaute sich um und funkelte das schimmernde Skelett wütend an. Er nahm einen Stein vom Boden und warf damit nach dem Monster, doch der Stein ging durch Deconde hindurch und der Geist fing erneut an, hysterisch zu lachen. Er war nur wenige Meter von ihm entfernt stehen geblieben. Florian lehnte sich schwer atmend an die Felswand. Er wandte seinen Kopf und blickte in den dunklen Tunnel zur Grottenwichthöhle, seine letzte Fluchtmöglichkeit.

Da bemerkte er eine lange silberne Gestalt mit einem riesigen Schwert. Es war der Geist aus der Grabungsstätte im Dom.

„Wer ist das denn?", fragte Deconde überrascht.

„Das ist ein Rachegeist, der dir nicht wohl gesonnen ist", antwortete Florian. „Er sucht den Mörder seiner Frau. Leider muss ich ihm nun sagen, dass du zu dieser Mörderbande gehörst. Oder kannst du beweisen, dass du nicht mit Georg dem Fünften verwandt bist, der im Dreißigjährigen Krieg die Frau von Graf Drachennot dem Siebten umgebracht hat?"

„Woher weißt du, dass mein Bruder und ich damals hier waren?", fragte Deconde nun unsicher.

In diesem Moment schritt der Rachegeist achtlos an Florian vorbei und kam langsam auf den Feuergeist zu. Mit einer unwahrscheinlich schnellen Bewegung holte er aus und traf das Schwert von Deconde mit einer gewaltigen Wucht.

Ein schweigsamer, aber erbitterter Kampf begann. Dafür begleitete ein ohrenbetäubender Lärm das Geschehen. Der Kampf wogte hin und her. Niemand schien einen Vorteil zu erringen, bis der Feuergeist plötzlich dem Rachegeist den linken Arm abhackte. Ein jubelndes Lachen entfuhr Deconde gefolgt von einem Knurren des Rachegeistes. Der Verlust des Armes schien den Hünen aber eher anzuspornen, denn seine Schläge prasselten nun noch schneller auf Deconde nieder.

Irgendwann hörte Florian ein Rauschen. Er glaubte, er würde ohnmächtig. Dann sah er, wie Wasser die Höhle langsam überschwemmte. Viel seltsamer war jedoch, dass die beiden Geister mit einem Mal ihren Kampf unterbrachen und nach unten sahen. Das Wasser umfloss ihre Fußknochen, deren Schimmern erlosch. Florian fühlte, dass das Wasser, das ihn erreichte, warm war. Wie damals nach der Schlacht bei den zwölf Monolithen. Wie das *Wasser des Lebens*, dachte er. Zuversicht strömte durch ihn.

Immer gelblicher und durchsichtiger wurden die Knochen der beiden Geister, je höher das Wasser stieg. Gleichzeitig ließ das silbrige Schimmern immer mehr nach. Beine und Arme verschwanden auf diese Weise, dann der Rumpf. Es klirrte, als die Schwerter zu Boden fielen. Dann erstarb auch das silberne Leuchten der Augenhöhlen. Klappernd stürzten die Skelette in sich zusammen und versanken im Wasser. Ruhe kehrte in die Höhle ein. Nur das silbrige Widudyn-Bein am Boden blieb als einsamer Zeuge dieses erbitterten Kampfes zurück.

~~~

Florian kehrte zu Utalon zurück und versuchte mit Tränen in den Augen, die Blutungen des Drachen zu stillen.

„Es sind zu viele Wunden, mein Bote", summte das Drachenmädchen leise.

„Du darfst nicht sterben", flüsterte er verzweifelt, während ihm die Tränen unaufhörlich übers Gesicht liefen.

„Ich bin schon zu schwach, um mich selbst zu heilen, Florian. Gib mir Kraft!", summte der Drache mit leiser werdender Stimme.

Florian nahm seinen Zauberstab in die Hand und sprach einen Heilungszauber, doch seine Stimme war kraftlos geworden, denn immer noch lähmte die Angst vor dem Feuergeist seine Sinne.

Erst jetzt fiel Florian auf, dass das Wasser bläulich schimmerte. Das musste das *Wasser des Lebens* sein, er wusste es sofort. Es hatte die gleiche Farbe wie jenes Wasser, in dem er nach der Schlacht zwischen Elfen und Magiern gelegen hatte.

Dann sah er zu Utalon, deren Herz immer noch schlug, denn es quoll Blut aus ihren Wunden. Plötzlich fühlte der Junge, dass sich etwas in seiner Hosentasche regte. Er griff hinein und zog ein Lindenblatt heraus. Wie von selbst suchte es die Spitze seines Zauberstabes. Unwillkürlich dachte er an den Kröpfungszauber. Eine Knospe spross hervor und verschmolz mit dem Stengel des Lindenblattes, das sofort drei weitere Triebe hervorbrachte. Die Blätter wanderten zu Utalons Körper. Florian hoffte, dass sie die Wunden verschließen würden.

Der Junge hielt den Zauberstab fest in der Hand, als er bewusstlos wurde und zu träumen begann. In seinem Traum bildete sich aus dem Lindenblatt ein langer Schlauch, der durch stetiges Weiten und Verengen das *Wasser des Lebens* vom Grund der Höhle in Utalons Rachen pumpte. Die drei neu gewachsenen Blätter vermehrten sich zu einem dicht gewachsenen, grünen Geflecht, das sich über den großen Körper des Drachen ausbreitete. Sanft legten sich die Blätter über die Blutungen, fingen golden an zu schimmern und verschmolzen mit der Drachenhaut. Eine Wunde nach der anderen schloss sich. Der Zauber des Lebens strömte aus seinem Stab und floss in den wunderbaren Körper des treuen Wesens.

Florian merkte nicht mehr, wie seine Hand langsam schlaff wurde und die nun wieder stärker werdende Magie des Drachen auch ihn selbst in einen Traum der Erlösung hüllte und seine Gedanken mit dem Nebel des Vergessens umgab. Heilende Ruhe kehrte in seine Seele ein.

22
Die Fische

Er wachte davon auf, dass etwas Feuchtes ihm über das Gesicht schleckte. Es war Utalons Zunge. Florian musste lächeln. Er sah ihre großen, schönen, grünen Augen und roch ihren Atem.

„Ich habe extra ein paar Pfefferminzblätter gekaut, bevor ich dich geweckt habe, damit dir nicht übel wird, wenn du mich riechst."

Florian sah nach oben und wurde von einem blauen Himmel geblendet. Es war wunderschön, das Sonnenlicht zu spüren und die Augen von dem blauen Licht bestrahlen zu lassen. Endlich raus aus den dunklen Höhlen mit allen ihren Schlössern und Schrecken, dachte er. Wie hatten die Elfen es dort nur all die vielen Jahre aushalten können? Er fühlte sich entspannt und erfrischt.

„Was ist geschehen?", fragte er.

„Du hast zwei volle Tage geschlafen, nichts konnte dich wecken. Und du hast mich geheilt. Als ich aufwachte, hatten sich alle Wunden geschlossen und ich fühlte mich erfrischt von dem Wasser aus einem Schlauch, der aus einem Lindenblatt gewachsen war.

Der gesamte Vorrat vom *Wasser des Lebens* ist ausgelaufen. Alle Höhlen sind überflutet worden, vor allem die Höhle der Hoffnung und sogar die Kristallhöhle, wie mir Sülaton erzählt hat. In den magischen Fluten sind alle Geister und bösartigen Wesen entweder gestorben oder sie haben ihre Zauberkraft eingebüßt. Fast alle Söldner von Galgenbergs sind im unteren Tunnel zwischen der Kristallhöhle und der Höhle der Hoffnung vom Wasser überrascht worden. Der Zauber hat bewirkt, dass sie alle zu Fischen wurden und im Burgsee gelandet sind. Jetzt versuchen die Kinder sie zu fangen. Schau selbst."

Florian richtete sich auf und sah, dass er am Ufer des Burgsees lag. Überall am Ufer hockten Kinder mit Netzen oder Angeln, die Eimer neben sich stehend.

„Sie haben schon ganz viele Fische gefangen, die in Wirklichkeit verzauberte Söldner sind. Narin und Fanina sind auch gerettet, da kommt Fanina schon."

Florian blickte sich um und sah die Elfe auf sich zukommen. Sie lächelte ihn an.

„Schön, dass du endlich aufgewacht bist."

„Habt ihr von Galgenberg und Lemort schon gefunden?", fragte Florian.

„Nein", sagte nun die Stimme von Torben, der mit Slavon und Hexine auf ihn zukam. „Nein, die beiden Halunken haben sich gut versteckt. Wahrscheinlich hatten sie jemanden in der Enklave, der ihnen bei ihrer Flucht geholfen hat."

Da kam Direktor Drachennot auf die Gruppe zugeeilt. Er räusperte sich:

„Es ist euer Verdienst, dass wir die Enklave von von Galgenberg und seinen Männern befreien konnten."

Er blickte Florian und seine Freunde an.

„Ihr habt die Söldner in Richtung Kristallhöhle gelockt und das war letztlich ihr Verderben. Die größte Gefahr ging dabei von Deconde, einem Feuergeist, aus. Dass von Galgenberg, ein Magier, es wagt, mit so einer Kreatur gemeinsame Sache zu machen, ist nicht zu fassen. Er hatte wahrlich große Pläne, wenn er so ein mächtiges Wesen für sich arbeiten ließ. Nun ja, aber die Sache ist ja ein für alle Mal vorbei."

„Nicht so ganz", sagte Herr Flammner jetzt, der sich im Hintergrund gehalten hatte. „Solange von Galgenberg und Lemort nicht gefasst sind, müssen wir davon ausgehen, dass sie ihre Pläne weiter verfolgen. Einer der Inspektoren aus Cerninia hat gemeint, dass die beiden die Besetzung der Enklave nicht allein geplant haben können. Die Todesflüche, mit denen sie die Elfenschlösser versiegelt haben, stammen nicht von den beiden, sondern von einem bekannten magischen Wissenschaftler aus Cerninia: Professor Trollowitsch, der vor Kurzem an einer plötzlichen und unerklärlichen Atemstörung gestorben ist. Eine Sonderermittlungsgruppe aus der Schweizer Enklave hat die Ermittlungen nun aufgenommen. Man vermutet eine Geheimorganisation, die hinter diesen Vorfällen steckt."

„Alles nur Gerüchte", sagte Direktor Drachennot mit entspanntem Gesicht.

Dann fragte Florian noch nach Sülaton und Naragon. Er erfuhr, dass sie mit der mächtigen Magie aus dem Mondblatt genesen waren. Dieses war aus der hölzernen Schatulle gewachsen und hatte – Tröpfchen für Tröpfchen – eine wunderbare heilsame Flüssigkeit abgegeben.

„Ich hab einen, ich hab einen", rief in diesem Moment ein kleiner Junge ganz in der Nähe.

Ein silbern schimmernder Fisch wand sich zappelnd in seinem Netz. Der Direktor zielte mit dem Zauberstab und brummte etwas. Langsam wuchsen dem Fisch Arme und Beine, ein bärtiger Kopf kam hinzu und schließlich wand sich ein Mann in dem Netz.

„Einer von den Hillinger-Brüdern", stellte Herr Flammner fachkundig fest.

Direktor Drachennot löste sich aus der Traube, die sich um Florian gebildet hatte und ging zu Professor Elowan, der sich im Hintergrund hielt.

„Professor Trodem hat mir etwas Interessantes über den Jungen erzählt", begann er. „Der genetische Gamma-Wert im Blut von Florian ist 311C. Es gibt nur fünf Personen in der Enklave Altdrachenstein, die so einen hohen Widu-Primzahlenwert haben und alle sind mit mir verwandt. Alles Magier, die Elfenvorfahren haben."

„Ich weiß", sagte Elowan ungerührt. „Professor Trodem hat auch mit mir darüber geredet. Er meinte, du hättest bestimmt mal eine Wirbelwindromanze draußen in der Stadt gehabt."

Er sah den Direktor ungerührt an und klopfte ihm auf die Schulter, als er sah, wie dieser langsam rot anlief und zu explodieren drohte.

Die Enklave Altdrachenstein

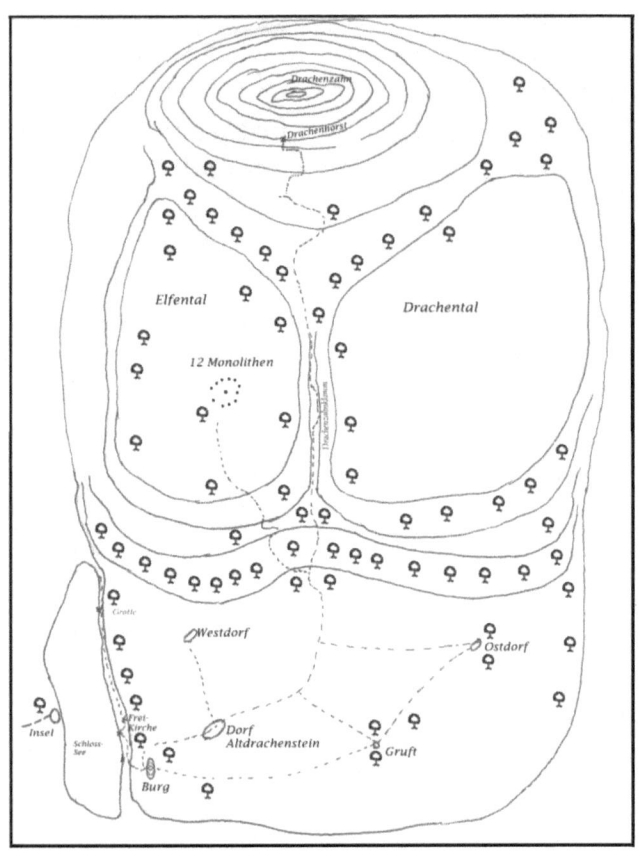

Zeitfracht Medien GmbH
Ferdinand-Jühlke-Straße 7
99095 Erfurt, Deutschland
produktsicherheit@kolibri360.de